wundgewähr

José F. A. Oliver

wundgewähr

Gedichte

Matthes & Seitz Berlin

pro log
oder ist *prólogo* weniger lüge?

gedicht einer e
migration

ein »luftschloss« sagte man mir sei
»un chateau en Espagne«. Vater
zog die burgruine in H. allen palästen vor. Ich wurde

in einem böhmischen dorf geboren
abgeschottet
von einer spanischen wand. Mutter

hatte mir die brust gegeben
& stärkte
ahnungsvoll meinen rücken

seit ich zum ersten mahl
auf beiden beinen stand
verbrenne ich

mir die hand
am herd. Hören

meine augen auf zu träumen
wenn jemand mit dem finger
auf eine landkarte zeigt

sprachverw:ortung

so eigendeutsch ist meine dichtung
so eigen-
brotlerisch
so eigensinnlich eigen
so eigenwörtlich jedes wort
die w:orte eigen
weil jeder tod
1 tod & nie metapher
so eigensprachlich stumm
ich nichts verschweigen will

so eigen-du
so eigen

WIR

gewidmet ihr, derjenigen

die den kopf
in den gasbackofen steckte
& starb

sie hatte
das kleeblatt vergessen
die biene

vielleicht war ihr
Emily Dickinson
aber auch keine prärie

verlass die fremde
& nimm dir
das aber

jeden tag kommen mir bilder entgegen tragen in ihren händen
die trostlosigkeit des schweigens. 1 tor, der nicht sagte: geh weiter weiter.
Ich könnte von ihm lernen. könnte von ihm könnte!
anonymus

& stolpere über die *Machado-Schritte* stolpere
über das wesen der straßen, caminante
& die philosophie der rinnsteine   kilo
meterlanges schlängeln & aufstrebendes
GEHEN längst
von den dorfradlern erobertes terrain
zu fuß zu fuß die welt / es eilt
& stempelkissen blau & schwarz die augen
1 absenderadressat von aug zu aug

die welt / es eilt. Ich

sch:reibe bilder & hand um hand
die winkelzüge zu klären WAS ich kann / ich könnte
b:leibt & lebt fortan fortaus forther fortzwischdurch
& stolpert w:eiter. So ungebändigt nach
gezähmt (auch in sprache). Ich will
aus den latschen lachen & dies ge dicht
sei mir proviant / ganz dicht
auf meinen fersen (oder mit vogelvau) –
lasst m:ich stolzieren wie

1 pfau

mit einem radiergummi
das licht gelöscht & die nacht

gespitzt / auf den schwarzen leinwandgrund
notiert   : 1 nachtbuch lang entwürfe

versammelt habe ich, was herz-
schlug was den augen klangverströmtes GRÜN, das ich

lehrte am baumverschatten lichtwechselfluxus & ton der flüsterfarben
die gestern noch so überschäumend wach & aufbegehrend

hell die mundgeographie des lachens (1 mundwinkelfältchen
domizil)

verbargen / bevor die wolkennaht der wortberührten haut
vorüberbrach & sich verschrieb / niemals

war das buch der schmetterlinge ein buch von links nach rechts
& von uns zu lesen & niemals war der staub

wirklich zu entziffern, allenfalls (vielleicht. Das sei unterstrichen)
teilt sich die uhr die welt mit der fiktion

~~abend, black~~ ~~out~~
»0,10« (unterm herrgottswinkel)

ich sch:reibe m:
ein gedicht
auf *toi* wie
du-
lettenpapier /
ob
es dadurch weicher wird leichter? Mehr
lagig wie mehrstrophig mehr
stimmig? Wird
man mich
auslachen? Wie
Xenia Bokuslawskaja am
16. Januar
1916
als sie ihre futuristischen gedichte las?

Im *Kurier* lese ich
die 28 EU-Staaten seien sich einig
über ein Abkommen mit der Türkei

& kein saal
diener in sicht (»Schwarzes Quadrat«)
dem ich zurufen könnte
»Löschen Sie das Licht. Machen Sie
dieser ~~Komödie~~ *Tragödie* ein Ende.«

16. Januar 2016

Anmerkung:
Blackout, so nannte man im 19. Jahrhundert den Moment, wenn im Theater das Licht ausgeht. Noch heute sagt man dem Lichttechniker black – wenn man es Dunkel haben will. Dunkelheit. Im Theaterraum steigt die Spannung, aber ein Gefühl von Verlorenheit stellt sich ein. Dann öffnet sich der Vorhang. Als Xenia Bokuslawskaja am 16. Januar 1916 parallel zur Ausstellung »0,10« ihre futuristischen Gedichte liest, lacht das Publikum sie aus. Als ihr der Spott zu viel wird, ruft sie dem Saaldiener zu: »Löschen Sie das Licht, machen Sie dieser Komödie ein Ende.«

días abisales

la desemboca dura de la lengua
das zungenschiff das ankommt
im kentern / die steck
nadel im wasser & ozeanisch 1 casus belli
(GEDÄCHTNISHEU & dumpfmorsch)
1 grätentrank ist dieser sonntag
& aus dem strohhalm schlüpfen
bilder wie notrufsäulen
boquita de cerezas / m:ein kirschmund-
sonntag / 1 auggeschmiedetes ohr
das vergängliche geschmeide
(ohrläppchenfein)
der schönen wörter
wundkaravelle en miniature
flüchtlinge der ersehnten hoffnungsufer
(was immer es sei – brot wasser durst & hunger)
wer führt die ruder?
an der angellust die menschenköder-
sehnsucht fressen atem auf
das ausleiben (die auslaibung) von krieg – wie?

»Übermut Unruhe Aprilwetter«
das wären die hastbegriffe
die sand ausbuddeln & die felsenformation
der füßernoten leben / *el agua*
no es ningún estribo der KRIEG
kein sanftgewässer
& gleiten dahin die un-; die achtsamkeiten
: *voluntariamente* nicht. ES frisst sich
aus dem ei die brut

selbst portrait mit 1000 foto-apparaten

ich lese: »Dickenskindheit« 1 almosen-
gang 1 straßentrost / ziehe
(von druckbuchstabenhand geführt)
m:einen spazierstock aus der hosentasche / er tanzt
die würde w:ander-
begehr &
stutz mir das lippenbärtchen
bis zur siebenfachen selbst
behauptung
die haare sind schnürsenkel / meine augen
heften sich (1 ZUNGENLOS)
an die absatzkontur / die schuhe
(wie immer)
schwimmergroß

Am schönsten ist es, wenn es schön ist.
Sarah Kirsch

kein apfelblühen schneit es mehr vom himmel
kein gartenzwerg der erdbeeraugen blaut
es singen keine finken grün
kein sommer mein gedicht am brisenflaum. Die verse
trauerschlüpfen schwer & keine sätze nicht
die mir sandalen. Es bricht

das wort
es bricht der tag bricht nacht uns *heim*
at schon früh. »Und

über allem wabert des Herbstes Mundgeruch.« (Grass)

Ich kann nicht zu dir sprechen, weil

(ja »weil« – ist keine erklärung, sondern
begründet, was)

einst die angst
mir wurde
von anfang an vorhanden

k:ein tod als kitsch
ein kitz

war nähe & geborgenheit
am waldrand sonntagmorgens & »äsen« war
ein frühes deutsches wort

wie

mir die nacht zurecht (fehlt das *verb*
um) & lasttag im gehirn im körpermüd
die fortgefällten ge
danken; danken dem HERRN, das tag
werk vollbracht & funktionenschleif
en / ab
fällt das uhrenlos tickt tickt tickt
(dreimal nichtwunsch & denktätowiert
hier dort hier 1 d:ort. Ich lese:

»die intelligente treppe« & auf

steigen die sterne HIMMELSST:EINE
das gefärb der mondillusionen & alter
n ist an
gesagt getan WIE von selbst

weshalb

tollkühne
hühne
R / des frühstücks
ei, einerlei
(k:ein reim da
rauf zu machen, wie in lachen, lachen

unhartgekocht, es kroch
es kroch 1 sonnenglücksge
fühl die SEELENWÄRME &

hab acht! sagt (sich) der morgen
de, jeder tag verwird

wes
halb das glück verstehen?

yelmo, helm~~deutsch~~

ich hole die alberti-tauben
nicht aus meiner wunderkammer / die

zeit schwarz-weiß & digital verhisst
den zeigefinger auf zum verspielten

gruß / die längst verblasste zeichnung
ist friedensw:

örtlich HEIL & land ist sauber

keiten der aktualitätenbörse clean
& cleaner tot am cleansten dem

aufgeweichten teer verleibt / ich
schinde mein gedächtnis 1 ö

konormalverbraucher – es grabscht

die krume nach dem schnabelwichs & ich
erinnere die lust der last

die leitgeflüchteten verlassenheiten
zungensturz & akrobatik

(ich otto du otto er otto wir, usw.
oder karl? Oder ich?)

(Spiel mit der Sprache, spiel, sagte Großvater, damit die Wörter dich Ernst nehmen. Ich nahm ihn beim Wort. *Faites-vos-jeux. Rien ne va plus.* Oder doch?)

verLeser, aufm üpfig & **ver sieg t**
: flattergefieh cht, das fort
gebiert & dies katzen
fauchen dies verkatzen verkratzen der bilderlunge, unberechen bar
ES. Herum
lungert der tag herumhun:gern die sätze &
: verspult & der promenade der w:örter anheim
in fremden texten bummeln / schnappe auf
»gehwegfieber« / geh weg fieber
words-to-go & sinnakrobatik
1 m:ichtag (vatertag & muttertag aus kind & tag)
1 modus vivendi, schließl:ich

heiml:ich & reiml:ich / r:einl: ich ICH?
1 sehstück paradentag an einem 9. Mai 2015

wo zu~~schauer~~, wo zu~~hörer~~, wo was & wie?

& schenke mir dies gedICHt ein
schlurfe schlürfe *usem nescht schlorbe, schlorbe*

Mut ter tag, 2015

Aus der Reihe »direct poems«

1

in the name of the war on terror

zeigt her eure füß
sohlen & reibt euch
mit yoghurt das brüstchen
wir wollen euch nur ein wenig
ledern für die kunft. Ist

jeder zeigefinger 1 unzumut
1 hautbarkeit.

Glaubt an unseren GOTT
Glaubt an unser GELD
Glaubt an unser GETOTSEINMUSS. Amen.

Wir wollen euch nur lehren. LEEREN
damit, in the name

of the war on come on come on, ihr schutz.SCHILD seid
wir fressen EUCH (nicht à la carte). Mon Dieu!

den schlamm von der zunge
den schleim aus den ohren
den schlick vom verschwurbelten aug. Patience!

2

verschwurbelt & durchbohrungszeichen

come on – was weißt du schon
von scheinbar schien anscheinend sonnenschein

come on – was weißt du schon
vom blech vom pech vom hechelpech

come on – sag: heißt's nun sicher
oder sichert's nun heiß zu können?

come on – können kann gekonntet kunst
gar kunft kannkunftkunst?

come on – schreib auf
den sauberreim

come on

come

on

sag *war on terror*

3

vom Gemeinen Blasenfarn
sei die Rede

von der Groß- und Kleinschreibung
sei auch gesprochen

vom Gebräche aller Wörter
sie heißen post & post

der mensch der Mensch der mensch
1 post &

postlingual
die sprache nach der sprache

halt dich fest!

¿En qué mundo
de porquería are we living in? lese
ich &
pendle die sprachen aus & suche
den zusammenhang zwischen *por-*
quería & *¿por*
qué? sprich
porque, weil
die sprachen die sprachen

& spricht bände
das gemetzel & wort los wir zurück-
gebliebenen. SOMOS, sag *Ich* im Wir &
erklimme die w:orte
aus Ich & Ich, büchnerwärts
die Dantons die frage die antwort

Para José Aníbal Campos

tag buch notiz, am 3. August 2014

wie
viel TOD ist wenn
Tod ist, bei-
spielsweise 1 satz
oder satzfragment einer erinnerung, die lautet
lauten könnte: »Da wären höchstens
Austern entstanden.« (Erika Mann)

&
lese gleichzeitig
aus dem sprunggelenk der augen das einsam-
epitaph der not »Ich weiß
mein durch die Hände rinnendes Leben
nicht zu schöpfen. & nun
den Champagner!« (wundmetapher)

an diesem sonntag, bei-
spielsweise banne ich

das lineal
den meterstab
das maßkalkül

wann?
(1 Ghasel für Gaza?)

noch zu schreiben wäre
Kommts Abendroth,
Ists Kindlein todt.

wie & wieder wie
viel
TOD ist

skizzenvokabular nach den nachdichtungen, mitbetrachtet; 1 n:irgendwie

1
metaphernsturz der bleistiftspitze

ungräserfeld so wie man sagen könnte ungebäumt
(nun wirf die leinwand an!). Sag *un- und unsowei*
ter; gar unbe **Mensch** t. Vielleicht was wäre wenn?
www.waswärewenn.de / dies lustmanöver lust-
schlickrumgeflacker der traurigfeisten monitore
der flimmerglut der gräserpixel gräserpinsel (NEIN!
SO KANN doch KEIN *ge*
dicht – es muss / muss höher angesetzt, nicht
bei *Ottomüllern Habenix* in Tutt., etc.
kunstwärts, kunstwärts, sei das leitmotiv. : wo

b:leiben wir noch hin? Greif nach dem *silberstift* der ahnen!
(sprich: entwirf die zeit mit jedem bild die w:orte)

2
was so nicht nur nebenbei in flüchtigen zügen

Sorgum lese ich & *Sudanesengräser*; ich sammle her
1 hirsenbildgewächs & feines borstenwerk anstatt den wörter-
schlund zu füttern (wider das abseits & fortgehungere) & du fragst
: wer ist Otto? WER? Otto Müller?
Otto Müller, **das bin er** // & hauset durst
an der MELILLA_MAUER (www.)
& im mülldepot der stadt Calais
die Würde (*reimchen reimchen schüttel dich, wirf*
die farben hinter mich – ach, Sie wissen s doch. Es geht
um das palettenmosaik der pfründe, welch sicherheitsgejammer!)
& lese »GOANIX – s isch nit MEI SACH!« / auch so wird
sprache 1 plötzlichkeitsbefall 1 brech- und zungenreiz 1 stacheldraht
& schlepperfüllhorn, sprich, 1 FREUDENBECHER, trink!
(virtuelles, realiter *münzensaufen*) trink das dochtlicht nieder, trink
von *Gottesgnaden*, mein Herr – ich stotter an & biete feil
das wassermaul der meere : im Lorca-Fieb ER; wie er-ich
ich-er & keine brücke keine fähre aus-
schließlich UFER bloß & schreibe einen

fortsatz auf. RUF: »komm, puzzleteil kaputt das wörterwetter da-
weiterhin!« Es wird dahingestorben & heim verregnet sich la hombre.
Ganzheim sauber eingeheimst. 1 dunkeldunkelroter Heimatschnee
ins Sur
reale & »Sie sind verrückt!« (oh, rhythmengestörte geographie
EUROPA

3
reinzeichnung

& an der zeitschmerzangel die fremdgeworfenen kalender
& höre / zufallshöre die televisionenfrage: »wie
könnte in zukunft
eine gute architektur der waffenexporte aussehen?«
Dornen und Disteln soll er dir tragen, hier wo
(1 Hölderlin
vom gemachten sumpf verschluckt)
1 post- und neofahnenklirren (auch Lorca wurde um
gebracht) wer will das verstehen,
ohne kunst? Ohnkunsthalber wie in ohnsinn sinn & wund-

gewähr & lese: POETISIERT EUCH
n:irgendwie

nachtgefäß

die stummen sänger / *Am Anfang war* & denke mir
wort-
abgeleibter tag wie abgelebt 1 laut-
schwamm plötzlich dunkelziffern *knock out of paradise*
& sickern aus 1 urgebet 1 pilgerlied 1 usw.
»erschöpfter ruf«

sag Adam, *Alif* & fang An
: beginn mit B

primavera árabe

ich schrieb 1 gedicht.

Ein Tee, mein Freund, ein Tee?
Oder einen kleinen Teppich?

ich begriff den mund
& das zerfetzte papier.

Ein Tee, mein Freund, ein Tee?
Oder einen kleinen Teppich?

ich fraß vokale
& kotzte konsonanten.

Ein Tee, mein Freund, ein Tee?
Oder einen kleinen Teppich?

die augen fleischhaft
die ohren schweißgerüche.

Ein Tee, mein Freund, ein Tee?
Oder heiliges Blut?

dann fiel der abend.

NO ge dicht 1

Ist an bul, por ejemplo.

NEIN. Ich habe keine ahnung von Istanbul. DIE MORAL?
JA. Wie in a nal – analmoral. Manche haben 1 ahn
ung davon A
ndere nicht. UND?

Politisch meinen Sie? Politisch?
Wie in poli tisch? Es sitzen die MEISTFALSCHEN
am TISCH: in nuce kaum da &

schon verloren.

Kein witz, auch keine hasenwitze.

Man sagt (und viele meinen das sarkastisch), dass christliche Theologen während der Eroberung Konstantinopels im Jahr 1453 durch die Osmanen darüber sinnierten, wie viele Engel auf einer Nadelspitze tanzen könnten.
(*Frei zitiert nach* Hamid Dabashi)

& sind auf
gespießt die einst
igen *Enge*
l
& tragen ver
helmt skelette
die nadelspitzen auf
denen tanzt: 1 N**ich**ts
& auf
fallen die flügel-
losen knochen-
füßchen gesten (WELT
WUCHER), eigen
tlich nichtgesten. Es geht allein
um m:acht & zorn

woher, wohin?

lese »ausschaffung von arabern« & lese die verse »it is a wall. and the wall is death.« & aus den zusammenhängen nicht gerissen alle nachrichten & richten sich *nichtein* die bilder & bilder & bilder & w:orte die meisten JETZT & sogleich ins lexikon des verdrängens fortgefiltert wie gewildert in augraubzügen ins augverstückeln der last, aber die maultiere des friedens, wo

gedicht, auf entgeisterung pochend

ein nachthund winselt den regen in schach
verkeilt sich – er tut so als wäre. Im hungerduett

verkläfft sich ein zweiter & tiefer *you are*
undoing the rain. Se acerca con c:alma *la mono-*

y siempretonía, alsbald kräht 1 misthahn
dreibrünftig & kurz, dann stürzt

der windschnitt. Der hahn

lässt nicht locker, kräht geifernd die hunde
ins bellen & bellen. Es ist

als ginge ein mann auf dem blattwelk. Es ist
als sei der junggrüne efeu verleibt *Vidamuerte*. So

taufte ich einst den SOHN an karfreitag
am fußkuss der blutsaum mariä

tonaufnahmen, ende märz

hortensienlaub vom letzten jahr
1 pfauenauge auf der klinke / dies
meine tür. Das haus

goldregenstumm. Die bäume
fremdeln blätter her / bald
treu & trost. Ein fußballspiel

im kargen déja-vu
die sommersichel stille. Der mond
ein vaterbild. Verwittert

die radiostimme scheppert
durchs dünne küchenfenster / &
schweigt. Ein Sonntag foult

im unterhemd. »¡Penalty!« Fast
wurde es 1 sieg / die nacht
zählt niederlagen ab. *Hoppe*

hoppe Rei

ter wenn er fällt
dann schrei
ter / fällter in den Gra

ben fressen ihn die Ra
ben fällter
in den Sumpf / dann

lacht lacht lacht
la luna muerte / lach t

(da capo!)

august 2010

ladies and gentlemen next stop Weimar
hätte fremder nicht
klingen können ins bild
von Weimar gesagt als wir
in Goethes behausung / Du
hattest die kutsche
berührt & löstest einen alarm / nicht-
obdach / ist, sei
was übrig
sei im anfang sei
die tat

vielliebchentag & angerufen

das zerfallsdatum / b:lumen & leuchte

leuchte das HERZE. wieherz, anherz herz-

zoom

gestülpter tag X ad calendras &

angespart das versprechen LIEBGEWÄHR

: angreifende metapher

linolschnitt, rot

fleckig die arme hinterm kopf
verschränkt die beine das stand
bein 1 bewegungsmilieu zur hand
unterm lid wie *unterm rad*
das zittert sich ins imaginar
: zitterlid & zitterrose & zitterherz
droht rot vom bild tropft rot
1 trockenrotes, rotes
1 verbot & 1 moment
: gedicht & trieb & dich

dich trieb, d:ich t:reibe

scherbendes &

dieser Mund voller Scherben der dein Name war schreibt
ein dichter / dies mundgescherbte
reisen (immeran
kunft & ab
fahrt immerab
fahrt
: reisen)
wie in *reiß*
aus
& nehmen & die
auf die gleise gelegten
die an die gleise verzeitigte *farb*
geschwindigkeit uns 1 beuteln &
fortnehmen & sprechen & *fort*
sprechen uns
: mit den blicken die fußsohlen leckend & *auf*
hörend
als gelte es zu verwalten / verw:
eilen das wundgemachte
das nomadenwund oder die NOT
KUNFT pilgerschaft die verwun
dung
in unmittelbarer nachbarei
der *trost*
balkon das rudimentäre gras der gräser &
das gebüschel halt / halte-
signal, *irgendwann & dann*
die schuhe kitten, innerwörtlich
der sich kaum noch nachstreckenden / fort
verstreckten hand (= begierde), irgendwann
einfach gescherben an
einander & DEIN MUND
der sagt
das gras die gräser
aus bahn & damm
aus haus & terrasse
aus du & ich

Für Mikael Vogel

brennender himmel, könnte

es könnte sein
der teppichblick farben & irgend
ein HERZVERMISCHTES farb
gewöll
tes ab
gesplittertes, fließ
geborstenes NEBELN
: ~~zufallsnebeln~~ / zu
fallsleben
der vom mundgescherbten eingerissene HIMMEL / KALT
HIMMEL, feuerlich, feierlich
»mitgeschweißtes feuer«

überm unbekannten strömungsnetz 1 HAUS, feiner noch:
die von der HIMMELSNADEL gezeichnete w:anderschaft
1 dohlen 1 haus / 1 ohnhaus, feiner noch

1 GLEISHAUS, wir

im gleishaus uns fortström
enden, fort

während 1 konjunktiv der farben

lehre / LEERE

(doppeltes VERHÖREN)

von der abwesenheit

nach-
dröhnt für einen augenschlag 1 HÖR
WIRKLICHKEIT
vernehmen

: scheinbare schienenlehre, schieres verwaisen
terrassenverlassen / verlassen. Wir lassen
ab

& reimlos, reimlos

&

wenig das bleibt / alles
die strecken / gewähr

&

stiller kuss des wellensittichs

klangduft
: bild deiner haut / heute
ins wellenzarte 1 VERWELLEN
ankunftsschier deine augen
zittern nach die nacht
aus tag & tag &
(kenne dein hautwort nur
& fingerkuppen
die uns erzählen, heute)

: aber die angespülten uhren
1 sanfter befehl

was b:leibt?

im dunkel
k:ein dunkel

im licht
k:ein licht

im licht
k:ein dunkel

im dunkel
k:ein licht

das b:liebe

weihnachtsmarkt

die schönen dinge
sind nicht mehr
schön, wenngleich

die schönen dinge
damals andere
waren, als du sie noch

die schönen dinge
haben ihren namen
verloren, weil

Du
nicht mehr bist
der sie benennen würde

ein taxifahrer erzählt Madrid & ich 1 krankenzimmer

Madrid & am verkehr das maß / hab-acht-stellung / im
viergeräderten STADTVER
LAUF & stockt der zeitverlust & stockt
der abgaspuls & ist 1 fremd.freu
nd. So unver
traut 1 w:ort, TRAU
ER plötzlich ist ein wort verstottert
: *fremdfreu* 1 fremdfreu 1 fremdfreund. Die stadt
ganz männlich
mir geworden. Lese auf: 1 *dürfen*. Darf
um die ecke gehen darf um die nacht
die weitertage legen das gehegte grab darf
hortensien & *mar-
garitenweißes* pflanzen & *all die schleifen
aufm müll* & überhaupt die gräber in den himmel stürzen
: das vatergrab das andalusien- und das her
kunftsgrab das geschichtsgeschichtengrab &
die erzählten vielfraßgräber & das namenlose holz
der namenlose stein & mit dem ausgedächtnis
den ausgerupften knochensplittern schreiben alsbald &
la muerte sei 1 tadelloses & zuverlässig

auf- und zu-
verwachen darf ich mit leerer hand darf
eingeschlafen schlafen erneut &
erwachen mit all den erd-
gesichtern im trauerbuch: »He
perdido la caricia.« Ich
hab verloren habe
: das entschieden krude NEIN
der zärtlichkeiten & gewonnen die trauerwonnen
(fast wie ein falscher billigreim)
wie gewonnen *einen* preis
für den herzstillstand HERZSTOPP der ZEIT irgend-
wann & immer wieder 1 herzstill-
stand & sind die körper
= 1 körper, der allmählich einzigkalt
& kälter in meinen armen ist das wort suchwort
kein halt & ab

gespalten spaltend die kindkindsuhr am
handgelenk sämtliches erwachsenw:
erden & sämtliches veraltertsein & das
sich innehalten der *särgleträger*
& auch 1 seelenseil mir wurde ist

an mir herab-
gelassen die schwarz- und nelkenschwere &
1 tönerner kapellenruch 1 stau in meiner brust dies verstopfte ist
das quergeachste in M. wie *muerte* in Madrid

thrombotisch vena cava
könnte auch insgeheim & anders-
wo & anderswie DER tod, ganz
männlichw:ahn selbst dort, wo
er sich weiblich, sprich »la
muerte« dahergeschlichen zeigt &
reißt dann einfach reißt auch mich ins leben fortzurück, kein
atemrückwärts mehr kein gestern nur
1 JETZT, im klammergriff so groß
geschriebenes AHORA *hora*
sagen zur stund die *castellanos*
in diesem uhrverwahrten zeigersinn – (gedehntes *und*)
& augenblick & immerabschied
nur ALLESAB-
SCHIED & schöpfe
w:orte ich, die
nicht mehr sind & nicht 1 augenblick
1 dafür- dagegenhalten
TROST, nur
1 steter vorwärtstrieb, gleich-
zeitig alle wünsche & reklametafel-
sauber schilder lichtspielfeuer / jedem irdischen
1 maulwurffein voll werbung WERBEN SO
LANG DAS LEBEN D:
EIN LEBEN, wie
angehäuft ist dies Mad-
rid & kommt nicht nur
von *mad* & hat hier
nichts zu teilen im abendstau im lustmadrid &
habe das gefühl bald zu *ersticken* sagte sie

& oft & schrieb auf einen abrisszettel
1 leiberkunden die sterbezeichen
: *Druck auf den Augen Nase tropft + Augen Schluck*
weh Hände kribbeln Bauchweh geschwollene Finger Oberarme

unter den Achseln wie 1 einkaufsliste, dem arzt
ist mitzubringen 1 Ich
dem immerzeugen & nie verlegen 1 wort
der tröstung, dass alles wieder & nur nicht
(der neue rhythmus ins todversehen)

aufgeben NEIN, so sagte ich & gut essen trinken
& schonen ruhen schlafen, weil
schlaf & essen & trinken (oder
umgekehrt) trinken & essen & schlaf &

es wäre doch gelacht, wenn
ER einfach so ein-
fallen
dürfte *Ich gebe*
ihm noch keine Erlaubnis sagte sie & zum Arzt
& später *Machen Sie*
Ihre Arbeit, junger Mann, und überlassen
Sie das Sterben mir es war noch
nicht soweit & das multiple organ
versagen noch fern wie Madrid fern
an diesem abendverkehrstropf
hängend wie
am morphium hängend & unzugänglich nah
all die hinter den steuern konzentrierten &
der gesprächige taxifahrer den kopf wie er
den kopf – als sei's eingeübt – schüttelt es sei genug 30 jahre
hinter der windschutzscheibe er
habe noch 5 monate es mache einfach keinen spaß
mehr dieser thrombotische zustand
irgendwann einfach aufhören einfach
aufhören so wie sie
sagte *Ich will nicht mehr aufstehen, ich will*
nur noch liegen
bleiben, nur
noch ruhen die letzten worte, die

ich vernahm, mit
nicht annahm & nachschlage
JETZT den tod & lese
Alexeindre & Canetti her, was ich erinnern kann &

fährt der taxifahrer weiter, weiter

(unvollendet – das muss so sein)

baladilla de Palma

verschwitzte brise, kaum
ein schatten, nur durst / ich sah

am eingang der *Seu* 1 menschenwarten
& trugen die gesichter stühle
& marmorschwere flügel

im unsichtbaren opferstock
almosenreste für die toten / ich sah

die abgesoffenen bilder
wie schiffe die veralgen
& ankerschwere der luft

1 ball verlacht 1 kind
sein vater schimpft in beigen shorts / ich sah

den großen touristenschwarm der kam
über die gelder / sturz der schwalben / sturz
der möwen

der himmel mondlos, himmelblau
die häuser sagten rätsel auf / ich sah

die nester ohne störche / den wallach
der seinen kot spazieren führte
& schmeckte das leben der kutscher

die dichter sind mit ihren hüten
& kilometer peitschen / ich sah

was nicht zu sehen ist & doch
es roch danach

tag der offenen tür, Mallorca
(*poème fou*)

die eremiten fangen königsheringe
& stellen olivenjahre vors herz. Sie beten
fünfmal die schnürsenkelkränze auf – dann
kriechen die höhlen aus ihren löchern
übergibt sich das meer (*el mar la mar*
geschlechtsloses treiben)
an die frucht der wollüstigfeinen feigen-
kakteen   : 1 tourist macht fotos / die
erinnerungsmär an herrenlosere sandalen, später
sind die bilder, immer späterwärts
aufs heimische fensterbrett gestellt
für das winterfutter arsenal der vögel &
die toten großmütter die einst erzählten
von früher / vom immerfrüher
von den mandelblütenfächern &
vom liebeslikör der ackerw:orte
wo die unschuld 1 gebet & das gebet
die unschuld / der mond
so sagten sie / war zeugin der seufzer
& jedes lamm eine ausgestorbene bergziegenfurt
& die witterung der duft der hautverbote
dann wurden die gitarren mit schnaps poliert
(die geschichte nahm ihren menschenhaften lauf)
& die herrenwespen erfanden
den zuckergenuss der gier / GULA
auch die landschaften fraßen sich satt
& die worte die sätze ganze romane
bis die bücher zerfielen / zerbröselt
trug sie der wind ins meer
zurück zur königsheringsbrut &
den künftigen angelruten / *c'est la vie*

zwiegespräch, wundmondfarben zag könnte der abend verwolken die stille fremdschönes meer die nähe ist nah die nacht weitet heiter aus dunkel & dunkel ihr bluttagebuch 1 altwort ist müde & legt sich zur ruh in den taubenkadaver wo frieden das fraßvolle weiß tropft fahl ins gebirge. Wann laichen die bilder der nachrichtenschwere? 1 rosenblattrost erbricht sich & stirbt im schatten der bleichen gewässer geschnitten zerfleddert 1 flüchtiges fledermausschwarz auf urlaub seien die jungen soldaten gewesen fremdschöne meerin die nähe ist nah *la muerte*

El mar no canta / niemals
(*¡ay!* Lorca)

der meer hat ihr sitzfleisch verloren
1000 russische soldaten in der Ukraine
: falsches geschlecht Sie könnten sagen
error, fataler fehler!
die brüste der soldaten
schießen kein milchpulver. Nur
die panzerschwänzchen (im vergleich zum kometenschweif)
nabelwärts
die ameisensstraße, *trashed*.

gegen ständige nacht

rosmarin & windes stille
totenmasken, stechflügelsurren
1 mond, der abnimmt, rostblutfülle
die fernen lustgrimassen

palme & aleppokiefer
landschaftsskulpturen, erdatelier
mensch & requisiten
1 rosenvergehen im dorn der würde

der blick schürft definiertes grau
& weißes blatt, weißes blatt
treppenschatten, zeitlupenlicht
die fahlen toten, die fahlen toten

im rücken 1 dürrer henkeracker
towering night y torres de Córdoba
no llora un niño
es weinen die mütter

zikade

in mir 2 sprachen. In mir 2
vätermütter, eine, die
sprache bildet, die struktur
der anderen & um
gekehrt / in mich gekehrt
kehre ich zusammen. Danach
~~gibt es~~ bloßes beobachten
ich schaue den staub
auf, das singen der lider

lautwind einer zigeunergitarre
auf den oberen stufen zum kalvarienberg in Pollença

auftropft
die gitarre not
die trost
im laut
fluss plötz
lich haut die zupft die me
lodie ins nie
derrinnen an im ins
geheim die pein
melan
colía macht & an
mäandert an
die stu
fenfurt & un
umwunden w:und es Du in mir
nicht zu
gehörig
an
dacht kla
ge mal der ab
gelegten ta
ge deren en
de / e
lend tropft / auf in & an & für & auf
tropft
sich die wind
gitarre brot davon & was
ser, *a*
gua y pan vermählen sich / &
b:leibt die
weg
zehr & *sonrie el gitano* / der zi
geuner nickt
»Sei auf der Hut!«
als ich an mir
vorüber
gehe

postkarte aus Pollença, unfrankiert

orangelichtzag das dorf im aug / sattaquarell betont
1 esel bellt
der mond ist keine frau. Er wirft
verloren bleichen rost
auf das gemäuer / am himmel blinkt
ein fluggefährt ein fahles rot
die nacht ist
menstruationsvertropft
die nacht ist schwül & hunde
bellen noch / ansonsten
zahmer alltagsschlaf / kein schatten schlüpft
aus dem gefühl
der mich erregte – &
auch das meer. Es interessiert sich nicht
für den & den oder auch den & die geschichten
alter fischer / nicht mal
die katzen jagen sich, geschweige denn
die ralligen tauben. Es ist verdammt viel still
selbst der wind, auch er
ist kein »Galan der Türme« & umkost
mir nicht die hüften. Ich k:oste
papier & stift & dach, nomadenkrank

10. September 2014

bodegón, Nordwestmallorca
(1. September, 22.47 Uhr, auch 1 zerfallsdatum)

dunkelrippiger nachthimmelbogen
(angefaulte melonenscheiben, welkmusgräulich)
katzenlauerstille & falterstummes schwarz
1 hund streunt pisserfüllt
vom menschenleeren / ENDLICH

im nachbarhaus tv-
flackern stöhnpalaver 1 unbeantwortetes
klingelzeichen / dann liegt
der orangenockerflick eingelullt
wie 1 sommer-
weihnachtsdorf im tal / der mond

1 weihrauchfass
im halbschneelicht, 1 tagerschöpftes hochzeitsweiß
in die jahre gekommener fleiß / jungfernsichel
trübtraubendreck schmierflüssiges pflaumengewölk

où-vis-je où-vais-je qui-suis-je? (Émile Nelligan)
Duerme el verde de la tristeza. (André Breton)

für Mathias Énard

um im duft der jasminblüten zu lesen
muss der TOD dich an die hand nehmen
dir rosmarin auf die fingerkuppen streuen
& die marmornen flügel der erinnerung schnüren
dich das alphabet der mondlichlaute lehren
& ein zartgliedriges windgerippe
muss deine haut berühren

so als wäre sie von gestern
so als wäre die zukunft ein ablegendes ohr
& der atem selber 1 zypressenschwarz GRÜN

um im duft der jasminblüten zu lesen
muss dein abschied oleander säen
vom mund die stille wiegen
& jedes wort den baum umarmen
das licht dir schuhe sein
die nacht ein insgeheimes begehren
muss deine haut berühren

so als wäre sie von morgen
so als wäre das gestern der augenblick der blüht
die zerbrechlichkeit der nähe

um im duft der jasminblüten zu lesen
ertaste die gegenwart der einsamen hand
die wasser schöpft
& die zärtlichkeit des warmen brotes trinkt
das unsichtbare bündel der andacht trägt
das schweigen um die menschenhaft der welt / alles
muss deine haut verletzen

so als wäre sie von heute
so als wäre sie ein widerstand der not
die dem tod das wort nicht reicht

A Joachim Sartorius

Le séjour le plus romantique de la terre.
George Sand

zellen 2 & 4 / auferstehung, wo?

jasminmallorca & mandelmallorca 1 duftring-
gestöber die küche verströmt & *nocturnal*
1 freesienbouquet wie sanftregentropfen
& keine zypresse im persischen fenster
& rankt statt deren 1 efeuversponnen um not-
jalousien 1 heimlichgefecht gedächtnisgespinst
& sucht im verzeiten touristische wörter
im sprechtrieb verw:erden die pinien alsbald
: cabellera ardiente del viento – die wundmähne wind

am abendrotabend *heridas las nubes*
als wäre der kostgang die schwindsucht Chopins
1 palmtag apriltag verkühlt sich & kar-;
im sonnengeviert olivenmetaphern
jerusalemzweige die inselverwachsen
zum hund & dem hahn gesellt sich 1 esel
& wolken versäulen wie rauch von zigarren
el monte ist männlich im george-anzug streng
: empfiehlt sich die landschaft dem älteren himmel

kein keuchendes wortmobiliar nur bloße *saudade*
woher, so plötzlich das letztmahl? 1 JETZTÜBERSETZBAR?
was war ist GEDICHT 1 muschelkalkleben
das zweite gesicht & mehrfach gebrochen
die zeitungen strotzen vor rüstenden w:orten
an bilder genagelt, noch nie war es anders
morbides bukolisch gierblätterndes HABEN
im internetzwerk der zahlen & panzer
: verschaufelte mönche verschaufelte nonnen

& greise & junge migrantische seelen
gesichter / wie 14fach blutende hirten
die kreuzwegstationen : 1 kreuztum & ECCE
serena será la noche que sigue / ¿quién somos?

¿quién soy? es bleibt
bei bahrdunkelheiten & nahtodstrategisch
& reglementiert wird selbst der gesang
am himmel versüchtelt der himmel am mond
: die bilder versaufen in kriegshungeraugen

sommergrippe & art
ischockenschock, nebst
einem abendportrait (kurz bevor der mond *la luna*)

Rebecca sagt dann *pocket-mouse* & pflückt
im gartenfeld basilikum, auch rosmarin

ihr handmund tastet augenwimpern
die zeichnen sich papier vom himmel

Rebecca sagt dann *pocket-mouse* & pflückt
im gartenfeld limónmelisse, auch irisflaum

ihr ohr hört auf im taubenbaum, hört nach
wo sich die männchen paaren

Rebecca sagt dann *pocket-mouse* & pflückt
im gartenfeld die minze & das salz der sehnbarkeit

ihr blick ist wie olivenöl, das farbjung noch
er schmeckt nach *campo* / feldernächten

Rebecca sagt dann *pocket-mouse* & pflückt
im gartenfeld wund angeblühte rosen

worauf das wasser spricht & sagt
mein, zärtlichrot. Es weiß um blaue lilien

Rebecca sagt dann *pocket-mouse* & lacht
im garten spielt ein saxophon nach noten aus Jaén

die sind gemacht aus tagelängen & *Sonnen*
Untergang, dem docht der flüsterkerzen

Rebecca sagt dann *pocket-mouse* & schweigt
& tanzt mit einem wunderpinsel aus Südkorea

danach ist trost ist linderung

Für Rebecca Horn

Dinge. Indem ich das ausspreche (hören Sie?) entsteht eine Stille;
die Stille, die um die Dinge ist.
Rainer Maria Rilke

Dinge, die zurück bleiben

die gläsernen gläser
das bücherpapier
1 armleuchter kerzen die vasen
der großmutterholztisch
6 stühle aus plastik
der löffel die gabel das messer
in messing in silber
die standuhr im pendel
servietten & tischgarnituren
die krippe lametta & moos
die gürtel die tücher der schmuck
& samtenes samt
auch leinenes linnen
gerötetes rot
&
schwärzeres schwarz noch
&
wände & fenster & türen
die bettstatt verlassen & stumm
der offene kühlschrank
: erinnert erinnern erinnernd
verdächtig bereites gedächtnis

ich richte mich ein

tulpenkronenvergänglichkeit, zum himmel

es sei zu spät sagt die verkäuferin & was mir bleibt
ist 1 zuhause: 1 rotes AUFGEBÄUMT & 7 an der zahl
kein fordern eines lösegeldes
kein scheinverfahren TODESTRIBUNAL
(wechselgarantieverlust des lebens, fonds-
einlagen: atemstöße atemstöße 1 atemlos

& jeden tag die toten wie ge
bete

was nicht gleich bleibt

frei nach Hermann Lenz

die kohlenschwarzen hände der jungen vaternächte
der bennbierfahrer auf dem asternabfalltisch
der zigarettenstummel bei dem alles rausgekommen
(die lichtverbotenen lektüren)
meine beichtstuhlheimlichzettel &
die schattenkühle unterm gartenquittenbaum
das schönschreibheft der ersten handberührung
(1 mondglanzgleiten die zärtlichfinger)
der wald der wald die wäldersucht
der kindheitstannentaumel & die geträumten kinderschuh
die ankunftslosigkeit der w:orte
old-shatterhand & winnetou zu allen jahreszeiten & wie
die furcht wuchs unterm winter
aus milchverschütten & kannenschäppern
die langen wege
(aus haus & haus)
der maihockregen, überhaupt der segen
der schwindsucht m:ahnte & donnerherrgottswinkel
das wundersame kreuzverhör der straßenampeln
(welche kreuzung & wie die farbgewähr?)
der heuschlundsommer die scheunenkammern dach-
bodenfunde: *die* flüchtige *äslosung der hirsche*
das gras das gras: die scheue gräsersucht
der saftgeschmack der unerreichten murmeltage
der augenkuss die todzuchtzeilen & später
die verständnisnickerköpfe die diesseitsverse
»und wandre ohne ruh« (da capo)
aus hostienschimmerschuld & satzfragmenten bald wie diesen:
»dass ich es ausspreche, ändert nichts daran«
(Jacques Derrida – *Mémoires*)
die es gar nicht *geben tut* so dies gedicht
es dennoch glauben will &

machte & sind da noch

die blütenkopfverwelkten tulpen, alt-
lilagefärbte himmelssucherinnen

Für Sebastian Thede

Dresden, alleenleere. 1 sichtentwurf

der sonntagsaltheit, so das gefühl
& heuer wir 1 widerw:erden

am ruhetag die stillen schritte sind uns
1 zeitverkrumen not

im fortgesömmerten
am herbstverdacht entlang

frisst bald
der sinnohnsinn den gang

: 1 spurenfieber, restauriert
die wund-

gefährten zager augen
sind bettlerhände

die einst berührten
die dich berührten / mich.

Die suchen nach
& finden nicht

im bild
den winter-

wurf der zeit
almosengrüße –

1 brief
Vermeer, das mädchen-

licht
: andeutung staub. Das gültige

verschweigen
vergreist & dein gesicht. Wer

schrieb weshalb? Wem
gilt der tod

das fenster noch?
Die sätze fortgeplündert

verschreiben sich
ist raub. Wir schaufeln luft

& das verschatten
gedächtnisweise

& ist kein trost
& hörglast nur / im ohr

danach, danach

Für Gisela

(wie jeder satz), später

am abend: 1 rosenlaut &
welkt sein wund
blatt *auf* die nacht
gräbt stille aus & schattenmünder
sprechen vor / verleiben. Wir
im vorgestellten, heimwärts
suchten ab die hände
vor dem tag / dornsacht
hauteinander. Wie
die fingerkuppen wie das leise wie
1 zögern wie der rosenlaut (wund
blatt / schattenmund)
aus hand & hand
& wir im nachhin eins
aus du & d:ich
heimwärts-
w:ort, heimwärtsleiber &
hand das wort
& wort die hand
&

dämmerung, 1 katzenpfotenmorgen

: deine brothände 1 auf
gehoben, tischwärts / dein katzengespräch
eine welt voll lieb
zeit & die uhr
die uns vom handgelenk
flog / als du sagtest: »wir
sind die zombies!« 1 fremd
w:ort & meintest die haut
: 1 altern
das uns eine nacht lang verlor
in der geste des brotes (brotgeste)
im katzensagen
in der uhrvergangenheit 1 aug
bedürfnis / im exil
der augen 1 irgendselbst

schleichsonntag, mai-
andacht

das hartgewordene der brezel & nicht zu kauen
jemand ruft an *Anonym*, keine

einladung zum frühstück. Die zeitung
aus wesensgreisem satzgehabe & krümelwissen

»Mutter anrufen!« & die verspätete umarmung
1 leitmotiv. Lese nach

: *Als Großmutter auf ihrem Sofa starb, bat sie, dass man die Tür zuschließe,*
damit sie niemanden störe mit ihrem Sterben.

die notkunft treibt sich maiblättersanft in wundgescheuerte
abschiedsverse 1 zerbrechlichkeitsgrün, wenngleich wind- und blätter

anempfohlen. »Biegsam, die Windwaage
haltend.« sagt jemand *Anonym*

kein postbote, der klingelte
im fenster die landschaft ist

an den eigenen absender leicht zurückzuschicken
die aussicht zu sterben

: als kinder schütteten wir manchmal die tage aus milchvollen
kannen & gingen dann wärmeren fußes den kaltnächten nach

von der kommunionsreinheit blieb heilig
die süße verführung auf der zunge / 1 zungenvermächtnis

Für Jürgen Brôcan

vom bärenpark aus hinbetrachtet

das altstadtdach-
ensemble das skizzidyll
die in die luft gekrochenen & aufgeschreckten
schornsteintorsi, allenthalben
wie verbient & wabendicht die touristische die gassen-
eng verkauerte verinnerung heißt ZYT-
GLOGGE dahinter
die zugebrachten einzelleben
hinterm verschlossenen
der fensterschattenkreuze
1 gedächtnisloses
& der unbesprochen aufgerichtet schiere putz
der einst verpferchten
sklavenbeute
: die namenlosen die SIN-PAPELES
»1 hochrisiko 1 kapital« & im altw:ort neugeschöpft
die nachertrunkenen die heuer
gen Lampedusa. Dort
kentert was b:leibt
1 *crash* aus illusion & t:raum & staucht die poesie
& strauchelt jeglich wort beim anblick
der siechen unschuldswasser & aaregrün erhaben
die zeitsteinquaderschwere &
weiter fließt der fluss & w:eiter

wie gewesen
wie gewesen

Für Adrian Ruprecht

als müsste er seine eignung beweisen

kehrt 1 engel sich selber
den rücken / die auf-
gefalteten hände bei fuß / das kreuz
hängt an einem silbernen
faden / das erdglas der flügel
wunschgerahmt
schimmert die schrift
: im ungelesenen
spiegelt 1 alpha sich
1 omega

so die sächlichkeiten zugegen; so 1 CHRISTKINDSGEDANKE, auch

ver
suche das kind sie sagten das kind
in dir sei viel-
leicht der grund ist 1 geburtstag 1 w:erden
der feier & bereits in den tod gelegt
die er-
lösung 1 krippentod & 1 (eine)
kreuzgeburt, also vormals 1 engelverkündetes st:erben
: 1 KREUZGEBURTSTAG & sei das leben 1 SCHÄDELBERG, also
ausgespannt zwischen 1 (einer) geburt & dem
tod ist also rein grammatisch das leben 1 neutrum
wie das leben 1 neutrum könnte also
1 lied plötzlich ebenso eine erinnerung 1 erinnerungsneutrum
klingen: »Zu Bethlehem geboren…« & STILLE
NACHT HEILIGE zuhauf
NACHT wie das gestirnte licht 1 wesen 1 lächeln

1 garbengebündeltes
1 königempfangendes

1 strohbett demut, weil
wir das kind so ausgespannt / angespannt zwischen
leben & tod & müsste doch jede feier SEIN
1 (eine) besinnung aus gestern & morgen, weil
nur das heute (ausschließlich, also »ausgeschlossenes kind«)
& zu füllen sei jedes neutrum wäre & ver
suche das kind ich sage das kind
es sei 1 (eine) herberge mir, eigentlich
krippenzärtlich, usw.

improvisiertes buch-
stabenstück

1 violinenschmerz ins piano-
meer (k:eine *valse triste*) doch
wellen saiten
den laut erstickend einen lauthals
tränkend / er-
tränkend im SEELENSOG ab
gleiten wie in ab
sturz, so klar so klar & hell
das dunkel das entblößt
1 zu sagendes 1 schweres
sinken &
auf taucht die *not-*
kunft
in stein & krumen boden erd
1 w:erden, endlich
so die leichtigkeit ist
1 PLÖTZ-
LICHES das zeitgefügte
das tanzt & tanzt &
tanzt

Für Rike Kohlepp & Thomas Reuter

brasserie, Basel SBB, vormittags an einem februar
(1 fluchtentwurf mit einem dichter sprechend)

das verlorene, verborgene gedicht im kaffee-
satz auf
gelesen das mündel sprache & 1 mund-
harmon harmonikaverspielt *er* wand- wie zaungast / die
atemmelodie
der sanfteren kälte
draußen
vor der tasse in seinen händen schnee-
restrhythmen & schneeton-
stille
1 schneeverlust 1 wörter-
schnee dem ungereimten fingerpaar 1 schnee
rest
schnee   : die übrig gebliebenen schneemannkugelweisen
aus poesie & kindsillusioniertem & von der wärme tau-
verschluckt / & dennoch

die sehnsucht nach dem w:ort, den an die hand genommenen ort das
in die hand genommene wort & aufgegriffen die fernen
spiele
die traumbehausten wege & noch 1 liedfein der atlantenkrieger
1 fingerauf
bruch seinerzeit / *fingerfahren* & bereiste abenteurer, nicht
das immerher, das nimmermehr neu zu bereisen heuer
nicht zu besingen der RHEIN, der irgendwo kaum & doch

Für Rolf Hermann

was mir ab-
fiel am heutigen gewahr
sam NACHT, die

1 martinisommer war &
als bett-
lektüre lag *Der Steppenwolf.* Ich
habe mich & habe mich
& nicht als trost
im kaffee (im satz
um satz) erotisch fort-
gelesen (was immer das be
deuten mag)
& bezahlt die antworthaltung, die
zwischen schlüssel-
loch & angel 1 körpersog
& rheinwärts aug & klaubend
haut gewesen & schlendervoll
die alten wartegassen. Laut-
leistrunken dort & samenleibten
die abendlinge. BASEL
schreib *1 basel*, freund. So wie
man *stadtlust* buchstabieren könnte
& verlass die mürb vernarbten uferschatten
(während vor der dorfstadtkneipe
die spanischen trompeten
der Negro Rhygass aufgespielt –
ist keine trauer). Fast
hätte ich's genossen & mitten im november-
sommer ein paar nutten, die
mir den GUTEN ABEND schlürften &
»Wie wär's mit uns, Junger Mann«? so
fragten sie. Darin
ist altern angezählt & leichte lüge
im konjunktiv
der längst verkauften billigfragen
aus fluch & leib & flucht &
immerwährend fluss, ganz mild
1 totentanz

von der Zuger altstadt ausbetrachtet. Es

wundert sich 1 berg (schier surreal)
über s:einen namenswurf. Man hatte ihn
vor langer zeit auf den ruf Pilatus eingetauft. Ich

schaute & ersann die gipfel-
kopfkontur bei klarem lichtapril / nach
einer späten schneefallschmelze am frühen

nachmittag der alt-
gebrechlichkeitsgewähr im fremdgesteinsver
narben. Im blick

das ufer wasser felsenbüsten &
das aufgeweckte frühjahr
s putzgerupfe einer zagen morgenente, ganz

ohne titel. Mein aug / m:ein schweifen
schwammen an & gegen
die sonn- und strömungsschatten gegen

die verlaichten namenspfründe. »Ich
wusch mir meine hände in unschuldstagen / in büchern
zur falschen horchgrammatik aufgeschlagen.« Wie

wäre wohl das ab
hangschweigen &
die beschaffenheitein d:eines wortgereibes, das

ich schon lange nicht mehr so fühlbar wahr-
gehört & mundartzärtlich spüre? »Finger-
beere«. Ein dichtermund sagt »Fingerbeere«. Es war

auch m:eine hand & die
des lieb & habers. Es war
d:ortimmer einst präsent &

1 verrat / 1 akt
des waschens, waschens. Wo
brüten wörter wörter aus?

nachklang

gichtknotentempus des tages / am morgen
die schweren schwäne & ruder-
schwänze der vögel / ihr taumelweg
ans wasser / ins leichtere revier? & b:leibt

1 fisch-
maulschnappen meiner gedanken / ich
werfe angelruten in die sprache, die
stickstumm noch vor fülle dichterw

: orte abverdaut / Un
aufgeräumt die metriklust der bilder / sie folgt
auch meinem gang fluchtvirtuell
aus poemen schwank:end fort ins wasser

an C. D. Wright
denkend. In Ludwigshafen am Rhein / B:ahnhof
straße, nicht zufällig bei
spielsweise

1 langer titel (trinität
der un
konstanten
ORT RAUM & ZEIT) 1 regen-
täglich im gedicht. Es ist
die heimischfremde zeit
ein kalter regen. Sprach
los 1 un
verhofftes spiegelbildlich ist 1 hand
voll menschen-
schweig im trott / auf pirsch
die trauer trinkt
den stolperatem aus & doch
ist immer auch 1 leises lächeln
bisweilen mann & frau & mensch &
auf
geladen sind
die augenwürfe. So hin-
geleutet
die mussbewegung das vermessen
(gefühl vs verstand & um
gekehrt)
zwischen tür & angelschmiere 1 flat
rate straße
buchen. Das maß
verlorenheit der alltagsw:

1 lieb-
ESkummer könnte
es gewesen sein 1 ET
WASMUND

den Atem haben wir
getauscht die bloßen
Seelen –

und dennoch sagst du
›Deine Indianerhaare …‹
Friederike Mayröcker

blick auf die Moldau (Vltava)
oder »realitätssplitter«[1] erster stunden
(Masarykovo nábřeží 16)

auf meinen leeren schreibtisch einberufen
die hinterlassenschaften / 1 p:ost-

kartenidyll & ohne anschrift 1 stadt-
planaltern / keine st:eine

die ein- und eins
gezeichnet oder kafka-

wund sich selbst
gewesen. Ich

zitiere: »Wenn
dieser Steine einer

verlauten ließe, was ihn
verschweigt …«[2] / statt

dessen schmeckt 1 kafka
körper (Corpus K.)

auf insekten-
beinen / 1 scho

koladengruß aus Praha. »Keine Angst
vor Spinnen haben!«[3]

notierte jemand im julei
2012 & dass

der regen
der unbeugsamste aller gäste

schrägfensterln würde. Hier
ist schief

gepeitscht auch jedes wort-
gestöber: 1 DUENDE [4] sei

1 namensgriff / 1 sich-benennen
der sprachlust-

kunst & sorgen
losigkeiten auch

des machtverleibten stroms
& dass

am 3. Juli 20
13 Kafka, F. (prosaisch)

130 jahre alt
& jung

geworden
wäre / er klopft

nicht an / stellt
sich nicht ein & kein gespräch

über dies & allerlei & solch
getier / die

spu
rensuche / fährtensplitter

abgewandert / ab
geändert. Sie

die (schlag)turm
ur-

uhrenstadt b:leibt mir
verwehrt wie

desde las torres de Cór
doba[5] / was ist

ein REGEN-
SCHIRM-KONZERT, Isabella F.[6]? & was

wenn mir
die legendäre bäckerstochter

doch noch
nacht &

auf 1 mahl
begegnete im kopf-

gestein & pflaster? / Was
wenn auch ich 1 sehn

suchtslied mir herz-
lusthörte

nach einem selbst-
gebackenen aus brot

& mutter &
(am 17. Juli 2017, bei

spielsweise)
die re

volution ausbräche. Der sommer-
aufstandsfrühling (vormals 1 *Pražské*

Jaro) & es 1 aufbegehren wäre
gestresster MOL

DAUSCHWÄNE? / Was
wenn ich mich hier in fremd

ER innerung auflöste &
jegliches *vertimen / wie*

in *just-off-time* &
westsprachenwärts

als eigendatum mich sen
tenzierte? Zum tod

& ich
am strang

verurteilt wäre? & was
wenn es auch mir

gelänge die zucker-
diebin[7] herzustehlen & zu

beweisen 1 süß
gedächtnis & die & der

& das sich selbst
im schwer-

gewölk no
madenhaft & aufgedunsen

1 pferdebauch-
verwesen wäre? Oder gem:einsam Wenzel

(Heilig) wieder
käuend um mich trüge

& kopf &
unter / über

hängend
die GESCHICHTE

der geschichten-
mär / fiktionenskizzen sind & ich

ganz ackerschulter-
tuch & bäuerlich (barock)

1 verloben 1 heirat
(námluvy- und svatba-bloß)

1 blendwerk sprühte
vor rest

aurationen
(ver ordnungsgülden)

auf den fassaden jene stille, die
eingestillt zur aberstille

der ungleich abergleichen
gültigkeiten reimlich spräche? & was

wenn plötzlich bröckelte
die vorstellung von zeit & ſugit? die

aufgedunsen touri-
eisern kronenkauf-

gekrönt
& dann (im SO-PRÄSENS)

noch diese BURG
mir gegenüberhoch &

unerhaben ist
m:ein fenster

sturz der verse
ins un

ergr:ünd
lich ündliche des schreibens / sch:rei

bens //
weiterschreibens. Es

bliebe nur
der ausgerauchte atem / vielleicht

die vielmals-
nöte eines mannes (K.?) &

der eines-morgens-wunsch
hier alle Indianer-

illusion zu w:erden ohne
sporen / ohne

zügel / ohne
alle pferdeköpfe / pferde-

hälse / doch
mit selbst-betr:achtung lese ich

in Prag
sei man einst auch

auf ein Bier[8] gegangen. Oder
man habe »Auf

was brauchst Du das?«[9]
schier kindsgesagt … so sprach-

vorüber & trotz
dem damalsjetzt / ich weiß: Es ist

die lieb
allein

die verse macht &
1 gedicht

& not

Für Libuše und Tilman
anlässlich Ihrer Feier am Jahrestag ihrer Liebe,
am 8. April 2017 in der Nähe von Prag.

1 Klaus Wagenbach, einer der ersten Spurensucher Kafkas in Prag. »Realitätssplitter« ist das, was er vorfand an vermeintlich tatsächlich Biographischem.

2 Die ersten drei Verse aus Paul Celans »Bei Brancusi, zu zweit« aus seinem Buch *Lichtzwang*.

3 Eintrag von Vea Kaiser ins »Stipendiaten-Buch« im Gästedomizil des Prager Literaturhauses deutschsprachiger Autoren.

4 Duende – schier unübersetzbares »Lorca-Wort«: der poetische Geist, der, alles durchdringend, die Geheimnisse des Schöpferischen in sich trägt. Zur näheren Bestimmung zitiert Lorca in *Juego y teoría del Duende* Goethe: »Poder misterioso que todos sienten y que ningún filósofo explica.«

5 Vers aus dem *Reiterlied* von Federico García Lorca.

6 Isabella Feimer war Stipendiatin des Prager Literaturhauses für deutschsprachige Autoren.

7 Auch ich bin ein Zuckerdieb und nehme häufig die Zuckertütchen als Eselsbrükken und Collagenmaterial mit nach Hause.

8 Zitiert nach einer Glosse (?) in die *Deutsche Zeitung Bohemia* vom 14.10.1917.

9 ebda.

hay

dies ES prag-
grau
das auch 1 dresden
grau oder *Gris de Varsovia* genannt w
erden könnte / vor
& nach dem kafkawunden w
ort der w:ahnkomplizen-
schaft &
der samstagsstille viel-
vernarbter silhouetten & die
im schattensonnen / nach-
versonnten angebauten balkonbehelfnisse / *h:ay*
die ins verblassen blühenden geranien / nicht
die *traurigen* & *h:ay*
das schweigen
vermummter taxifahrer & straßen-
schilder sind zuhauf
1 bündel hilflosigkeit / »not &
verkehrszeichen«. Hier
sprengt sich mein holpriges ohr

in die luft / auf der fahrt zum flug
hafen / & die vororte h:ay der böhmer-
wald der plattenbauten die
farb
aufrührerisch
das frühjahr zu rezitieren sch
einen & ins auge flüstern »alte Liebe
rostet nicht.« Meine hände
wollen sich
in den dörfern rund um Prag
lustverlieren & die hügel blühen
das sehnsuchtswort »sanft« & 1 hund
der gassi geführt am rande
der autobahn schert sich um nichts/ 1 beutestrecke
der abschiedswie
derkehr: 1 mal herrchen & zurück. Bin ich
traurig? Trage ich
die trauer (TRAUERFLOR)

meiner w:andereltern? Meine Eltern
waren nicht traurig …
»Treten Sie
näher!« Andalysieren Sie
mich. Hier
dürfen Sie trauern.

Was aber b:leibt
sind nicht die dichter. Ich suche
MO ZART KUGELN auf
im duty-free-shop SPÄTER

dice él: la mentira es un estanque
digo yo: sí la mentira asimsimo es un estanque
porque en verano durante la noche
se puede hacer un picnic a orillas de la mentira
y ahí siempre se olvida algo
Silvana Franzetti

Die Furcht trommelt so.
Heiner Müller

er dachte in Kriegen.
Sabine Gruber

mensch hombre, titel-
los (mach dir k:eine furcht
verreimung drauf!)

not & tot : *gepelzte äste* die er- (1
entliebter, Anm.)

klärungssuche. Die steife

besitzbürde des genitivs / ausw:orten (wie in *aus*
weiden wie in leichen schlagen mit den augen : worte, die
ARB EITERN SICH. Ich lese
Graurauschen (Gruber), *das*. 1 Sprech ist aug-
sprech fühlsprech die gedankenmuschel ohr 1 sch
eitern & kein vernar
ben möglich. Mehr. Noch / DIE GABE (GOTTmensch
liches opfertun &
: opfergraben) laben dar

ben / reimlich sind sie zu
verschütten. 1 reinlichkeitsgebot 1 o-ton des zynismus / pur
die geweihten totenSÄTZE & all die
namenlosen
KILLING FIELDS sind kein ge
dicht die LEICHEN laichen w:und-
metaphern aus
bild & lust ums wild we built we build we still
are building

: 1 FEHL = 1 neu

trums-
wissen elendsheim
isch bildumnötigt **et**
incarnatus est (wie in grau-;
wie in grau
notrauschen der metaphernblase). Hier als d:ort das
monumenschisch lug- truggebaute (kollateral) der
BRIEFTAU
BENFETZENKRI
EGSBLU
TSTURZ IM SCH
NABELWUCHS der gier die HACKORDNUNG. Ja, die
gemachten / tot
gemachten achsen lachsen. (In groben sprüngen). UND
ZURÜCK. NICHT. Es schreit. REIM
LOS ES

S
OS.

Vom HILFSKONSTRUKT VOM wörterab
verskelettierten BAUCH
FETT SCHLACK. Es tropft es
tropfen tropfen wächst sich fort im f:ort & uns
die FARBENF:ROH gerupfte sicht-

barkeit tropft sich daher
: 1 TOTENMENSCHENTUM
& all das MUNTERE gesch
lachte lachverlach
te trenngetrenne win-win-gewinn
sel WEDER PUNKT NOCH
KOMMA ist. Es ist. Wird sein
~~ist nie~~ 1 IMMERJETZTDA
NACH & NACH & NACH & NACHZU
VOR ist dies parlando

: 1 immer-

nachzuvorgetöte ~~nie! Hörst Du?~~
~~b:leibt nie anders~~ so

so ists & ists ge
wesen

: 1 koitus (*continuity*)

1 IN
ZUCHTSVOKA
BULARIUM, schau schau
schau. Schau her & hör

: beute heute leute meute…
heute leute meute beute
leute meute heute beute

usw. usf. : es b:leibt

es b:leibt es b:
leibt ES
ab
zählreimt & verst sich h:
eiter & Du b:ist rausssssssssssssss s, so plötzl
ICH ist wann wo wie 1 d:ich
? unendlich undlich

oder »10
Kleine Negerlein« – was lernten wir was
lernten wir, mein Gott & gern, & heiter schier
die aus
gren:zungen die zeilenbrüche wörter-
tode vor dem tod & wir r, ganz
botenw:orte, ganz & : GEGENWART

Für Sabine Gruber

In einem fremden Album blätternd
(Hommage an Karl Löwith)

»… *soggiorno* & fürchterliches exil«, flucht-
schrift & *lukenbild*
er ins freie ins schnapp-
schüssige des nachtvermächtnisses, foto-
graphische notenschlüssel & heideggers *haken*

kreuz im blick. Von italien aus die

belichtungszeit lichtungszeit tungszeit ngszeit zeit zeit … t
oder »das elend des zwanges der emigration« wie in *t* von tempi
hindert L. nicht rückwärts nach vorn zu schauen

prolog

adipöses d. *(von deutsch tümlinge)* **& im gegen-**
atem die verwegenen burschen
ins exotische, nachwährend der schmähschriften

dok
trinen schleich
doktrinen gift
doktrinen die gemästet
mit ab
geschnittenen zungen aus ruch & wortverhetztem, später
(sollte es *so-sein* und habenw:*erden)*
was hungern machte, zuvor
die brotwärme schock
gefroren & die zweifel, was

der mensch, wo?

& mit den köpfen gulli gespielt
bis zum verwesen gulli gespielt &
die ins erkennen wortgepeitschten leiber stets präsent
1 SEINSEXIL &
SEINSLEIB / ER vor »glaube & welt

anschauung«, die
ins pervertierte ge**HEIL**
ten mitheilenden endenden, w:orte dann
(wovon sie noch künden werden)

in der mittagsglut / flucht-
glut vorweggenommen & zu verstehen was nicht zu be
greifen nur was greif-
bar später all das fort
gemarterte wissen, das
ab
geschnittene zungenbehausen, kaum
zu greifen
den tod = 1 ewigkeit 1 nietzschew:ort ewig-
keiten, verängliche, unterm römischen
HIMMEL, halte mich also an die bilder, ans bildgesagte
again st
die arischen ethylogien, bluts
herkünfte

& nimmermehr an das was-wäre-wenn, obwohl
1 nicht 1 *lucus a non lucendo,* was bleibt
sind
die belichtungszeiten lichtungszeiten, etc.

also tagebuch, also tagbuchstütze / all das wissen & ins FREMD
GEMACHTE
verfrachtet & berührend die notiz

»was wäre wenn« 1 Ich, doch & anders, aber

aufs verlängerte aug schauend die selbstbilder (auch eine kon
zentration ins ÜBER
LEBEN

wider jegliches »very cheap« der todesschreier
die flucht / die flüchtigen begegnungen »Äffchen & Gelehrter« &
wie das
zusammengeht mit dem mensch heitsgedanken dem mensch
erkunden, GEISTIGE KUNDE auch, die in augkörperhaft
gebrachten

familienfotos, eigen willig eigenselbst auf-
nahmen (& wie sie alles nahmen & dass »sie« nicht namenLOS
die »lösung« & das END, noch nicht in sicht nicht, ahn-
bar nur der »erdballverkehr« & »ohne zärtliches vis-a-vis«, scheinbar
ziellos
die augenblicksportraits 1 HAFEN
IDYLL, werk
tätig

vielleicht eine beruhigung wie 1 lächeln beruhigt &
»goldene zähne« doch vorwegnehmen die totmetapher
japanfremde nähe im fortbeständigen & wie versöhnlich das meer
oder kapitän vs professor & liegt der grund des scheiterns an land
am scheinbaren stillstand des landes? 1 fragenpolster
steht pate dem schreiben aus tagnotiz & denkmodell
1 küstenlanges ansammeln des ankunftslosen
& immerwieder HANDEL, lebenshand & überlebenshand
el / abgeschnitten

bild, stellvertretend platziert

dies matrosenmanöver, *lass*
zive (plump
er rechtschreibfehl
er der körperblick, die in die sehn
sucht gelegte körperkeit
meermann, meermann
sag mir wes schiff
dein körper, wes schiff
dein nomadenstranden herflaggen durchflackern fort-
ufern & u:fern &
an land gehen, auch
ein berührbares nachschöpfen im GEHEN

fastfood land & mischen
sich die jahre nach & hat etwas

von trost der tod

epilog

vor
bild

dem un:bekannten
nach
spuren nachschauen, an den blick genommen gehaftet geheftet
wie sich an die fersen heften aug & verse der wahr-
wunden, bloße

randnotiz

& versuche **zu ahnen** was das heißt
das eigene im fremden & das fremde im eigenen

vielleicht doch der blick vom rücken der mütter zurück-
blickend in die vaterwelt, die gegangen, begangen
geschultert, was endet

im blick & beginnt

ab
schiede

der zerbrochene himmel
1 zerbrochener teller
das wort zerbrochen
am tag zerbrochen &

der zerbrochene schuh
am fuß zerbrochen
zerbrochen der weg &
die jahre zerbrochen

die zerbrochene sehnsucht
die zerbrochene lust
die hand zerbrochen
an der haut zerbrochen

das zerbrochene lächeln
die zerbrochene angst
an uns zerbrochen
der zerbrochene dank

am zerbrochenen himmel
1 zerbrochener teller
im zerbrochenen w:ort
der zerbrochene tag

aber der fehlende weltbiss der wörter

& ein klumpfüßiger tag / im müßiggang die dinge, unbedingt
: die gunst der wohlhabenden vergangenheit bis
weilen 1 mostfass 1 weidenschale 1 kiepenheiner ohne Heiner
& der regentropfen Brechts im durstbilddenken deine präsenz
heißt absenz
& trägt ein sommerkleid die farben trüb wie fremd
nur der stoff scheint leicht was soll ich schreiben?
Ich liebe Dich & Ich vermisse Dich? Wen
erreichten diese zeilen? Es ist
Dein schweigen das mich kränkt
(ist kränken auch ein Brodskyverb & kommt von krank?) manchmal
bricht etwas im nu entzwei im zufallsgrübigen erwarten ein
munteres glas wein zum beispiel
oder die furcht maskenbeleibt
(ich trug die masken einst auf Kairos Straßen
& jünger noch in Limas süden)
oder die lüge die sich ziert die fratze aufzuziehen ich kenne
mittlerweile die angst der angst
& weiß um jeden zinseszins der küsse die uhren küssen nicht
selbst wenn sie stehenbleiben   : wer küsst ist tot
drum regentropfen, bist du zu schwach als bild
nur trost dem fluss ohne dass er wirksam
menschlich wüsste das meer ist pure lust zu schlingen
mehr nicht
was wollte ich gleich sagen? Achja …
¿Porqué me desenterraste de la mar?

& b:leibt aus-

schließlich TRAUER. Dies

tränenlos 1 tränenloses weinen, sag
SEELENTRAUER SEELENTRÄNEN. 1
geruch, z.b. & auslösend
1 erinnerungsgelübde / ins abgewandte
1 haltung, ~~gekrümmtes ma~~
~~gengedächtnis~~ gekrümmt
er
gedächtnismagen. Überhaupt
der körper
sich nachschleppend nachblätternd ab
blätternd vom schattenbaum. Hier
1 verleiben der bilder
aufs grab gelegte hilflosigkeit & versengte
hortensien & 1 rosenstrauch. Tiefer
wurzeln die hautabschürfungen der seelen-
tränen & welken doch
im kreuz die kreuzlinge. Näher an GOTT
die bodenhaft. Überhaupt
der körper / eingesargtes vermögen &
bald die selbstverständlichkeit der erde
so tod so vorweggenommen so begleitend

aber die demut aus knecht & knecht

wir hatten genug aneinander / nicht
voneinander & wie ungenügend

die abschiedsw:orte

das bündel tod ist nicht wirklich
zu tragen

das spatzengleiche flattern von etwas
wie hoffnung in den augen / aus
den augenbuchten herausgeschält das licht / dämmerlicht
das sehen & versehen / die welt & fragen im kopfaug grenz-
bündel / schuppenwörter im haar. Wie schuppen von den augen
weht &

kein wimpernschlag eher, wie ist, was ist, kein
atemholen des blickes danach, wie war, was war, nur schöpfen
aus dem inneren schöpfen & umgekehrt wach-
bleiben & noch
ein bild vom bild
: 1 auf-
fliegen 1 schwarm einsamkeit der auffliegt, etwas
wie *zuflüggen* / zuflüchtig & nestwärme greifend, so
luftgreifend, wo
hin?

Für Ulrike Draesner

dir hätte ich
heut abend das wort
in die büsche schlagen & wollen
& auf-
halten
das aluminische der ironie
(manch einer sagt *Satire*
aus dem schützengraben der saturiertheit)

kein tod
der nicht auch
den beschwingten fuß
einer *rumbita* hätte

du würdest wahr-
scheinlich anstoßen
auf die pein
mit glas & glas um bruch
& noch 1 bruch
& noch 1 glas

februarmorgen

flockenirr
itiertes auge 1 winter-
maß des schneeblickes. Im ungescholtenen
weiß schultern die bäume
mantelseelen / eis-
blasse tinte &
die kindsgeborgenheit der w:orte
winter, welch sanftverrat der spuren & schlitten-
fahrtsgelächter
ins holprige die hände wieder & wieder
im fäustling entfroren
die nacht
wo tage so warmweiß / so wusste ich
dem schnee zu berichten
vom vergitterten grabspruch der uhr
: 1 seil durch hände geglitten
schmerzt zeit nach

wer ließ sie hinab
wer lässt sie hinab
wer schüttet sie auf? Es

trägt bald der märz einen acker
der Gott nicht unähnlich bald / 1 bild
: 1 rabengesättigtes erdschwarz ins braun & erd-
weiß im futter
1 abgemagertes restweiß davon / im ver
schwinden. Es findet
die hand ihre zeit die zeit ihre uhr / belegt
nur das auge 1 acker-
maß hoffnung im zeiger. Ich schreibe
den baum ab vom ohr
auf all die künftigen blätter, wo
tage so junggrün / so weiß
ich auch mir zu berichten
vom bitteren kreuz auf den gräbern
: 1 seil an der wand. Es harrt
der flüchtigen dinge

Köln, an diesem morgen & unbedeutend

ich kommuniziere mit der welt 1 alt-
weib ersommert & golden erherbstet das haus
gegenüber: 1 kontur verlassenheit / erzählen
die traurigen jalousien & auf
dem balkongeländer festgeschraubt
zwei krähen: 1 plastikschutz

die fremde vögel abhalten & den mundraub
das geziefer & auf die straße fallen blicke
wie suizide

vom wolkengehöft 1 riss der bilderhaft
mein traumgesindel macht sich auf
sich zu vergessen

februarnotat in Essen, Hbf.

1 taschentuch in taubennähe
des reisens müde
auf dem bahnsteig not-

gewürfelt mensch & koffer
die spuren aufgerieben
aus den augen *wiederwährend*, welch

w:ort & welche worte noch die über rom
die redensarten führten
wer's glaubt wird abschied, wurm-

beatmet. Es schlängelt sich, es raupt
das altbild »Zeit«, einst tempus fugit, & das memento
reimt sich doch auf den entwurfsballast des todes

Essen, Kopstadtplatz, mittagsschwere

1 nieselpalaver & abblätternder rost-
punkpelz, eigentlich ausfärbendes strähnenhaar
& an den haaren nicht herbeigezogen die dumpfe lautlosigkeit

des himmels & wie ein frustgebet vom himmel fällt
1 wolkenszenarisches vorm aprilverregneten & vom himmel fällt
das wort nicht fällt / ist

aufzulesen am *namedroping* der grau-in-grau-auslagen
das pfeifengeschäft & das billiglohnlandgetränkte ROT &
BLAU, nicht vom HIMMEL & grün wird heuer das frühjahr & pink

orange & stemmen sich ein paar HARTZLER kapuzenbehauptet &
in trainingshosen *kippe inne hand* zwischen den fingern so
daherrinnt daherschweigt & davon-

bröselt das lebensfieber aus der kälte gehobene stummstille, ganz
anders die frage der kettungsweite so angekettet beim gehen beim
sich kreuzen 1 coitusKIK zwischen straßenbett & bettelgebet, hopps!

Boch um, etc.

so zonen-
tod der fußgänger / 1
beinbettler streckt münzgeld. Hinkt
Douglas Subway dem *bettel* nach & geschleckte währung
hin & wechselt her vorüberheiten, u.a. exponiert
: *eine* hand, dann zwei – die zehenspitze sesshaftigkeit
im ohrmund-
winkel 1 körperloses hören – schaut her, schaut her, kein
weiterer blick, der religiös & bet
versichert wäre. Dafür

sind die kaufauslagen würdestarr entstaubt
& 1 puppengelächter / immer SCHALL
GEWÖLK in den pupillen aller
augbeteiligten, so fußtritt so kopfberichtigt so rein-
entwürfig nachgekaut die dekomuster & klopft gläsern an
ins HERZVERSTOSSENE
: 1 wurfball *milde*, nur
die späte sonne, so verschnörkelt
scheint's
abtastend die lebensflecke, also
»seelenmilben / sonnenmilde«, also
folgsam weiterziehen aus dem stand / sitzstand

Dort &

mund
geführt die wörterlippen =
: sprechpunktallee, *back-*
point dazwischen
aus
mensch & mensch das aug-
geflüster / hörgeleibe
: 1 altes
paar, nicht bei
spielsweise, schleppt fort schleppt her
kunft allenthalben
die einkaufstaschen prall
verstaut & aneinander stumm
(sie neben ihm
sie hinter ihm
sie niemals vor ihm gehend)
bis in die stille 1 ampelzwitschern
: farb-
männchen richten auf den weg &
grün & rot &
plötzlich Halt, wo? wenn nicht

im letztverlässlich hin-
verlassenen & irgend-
wann die weisen gräber
als sei's 1 plan
ein nicht zu sterbender beruf
der schlurft
wie in beRUFung 1 verruf & bei-
gerufen wie gemeißelt *an- und ~~ablass~~ abkaufshandel*
d:eine notiz, dies sei
1 notgedicht in D., *por ejemplo*
was bliebe sonst?

das taubengeleit,
das gurrende im bettelgeschwätz
1 bleistift, ungespitzt &
der sich an die nadel heftet &
kippen kaut &

»Darf ich Sie freundlich fragen« oder
»Hätten Sie für einen Arbeitslosen …«
& nicht der tag dem müll-
beschauer nach 1 flaschengeist, der ihn verübt
in bahnhofsnähe tobt
der weihnachtsmarkt ganzjährig
: 1 nikolaus
streut plastikblumen plastikkugeln, starres lied

**& jedfrau jeder-
mann darf**

stirnhastverbluten & am verrückten denken
tropfen zu vorgerückter zeit
(taumelzwirngedanken, feiner anzug)
scheitern – so angezogen
vom nummernkleid der ordnung
den hut der chiffren
auf der zunge

die augen hinken nach
die ohren hinken nach
hinkelt nach die zunge

: mundnot, winkel

»Das Kindsein erledigt sich
nicht von selbst« – es gilt

den verlust im spiel fort
zu würfeln den sieger das gras

die felder die furcht milch
zu verschütten

am dämmer, wo
dich die gestalten ein

geholt die du wähntest
auf dem gottesacker

der nur gepflügt
wenn die toten gesät &

m:ahnend die schaufel
geschultert das tagwerk das kreuz

gebückt war vor starre
der leichen & keine seele

weit & breit die sänge oder
spräche, so

zuversicht aufschüttend
das wort 1 trost da war

bald jedes spiel 1 w:erden
& alt der grund

Eyjafjallajökull

Ein vorläufiges Gedicht

der himmelskuss
ist aschenlaib. Die zeit
verspannt

ejakulierten staub. Nun
müssen mensch & w:erden sich
wie wellen

selbst entklauben
ins grabmaul tropfen
wundverendet. Es schweigt

die luft
& kaut
gefallene sol

daten ziffern
1 namenloses zittern. Die fährten
wuchern

gräten auf
die stecken fest im hals. Natura viva
leckt post mortem

blindgefüttert
die ohrkadaver
1 befehl per pedes. Nicht

nachzusprechen ist
& sei die kunde. Sie
folgt den plötzlichkeiten

: 1 lynchgehorsam. Man
trifft sich stumm
im omega. Im erdloch-

alpha & gewisser noch
in den lustpatrouillen
den totgestellten uhren. Vulkan &

kampfgebiet & tickets
sind *kunduseins*
im ausbruchschlamm der w:orte

kippen meldungen ins off

17. April 2010

für Miłosz & Artur B.

»Ich hab als Voyeur die Welt durchwandert.«
sagt M. Es stimmt – ich verstehe
nur polnisch & doch nichts von röcken. Es sei denn mein ohr
erblickte einst heimlich das nackte entleiben
der automatismen
aus sprache & brache / die lieb
die ich nie begriff & niemals
begreife, um sehenden ohres
botmäßig zu scheitern / will sagen
das schiere gehör wäre hand
die westflüchtig treu
illusionen herschriebe. Los-
horchender weise / die dinge entfühlen.
»Gebrauch doch dein Hirn!« So rieten die alten
aus unseren schwindsuchtverrätselten höfen & tälern
(sie kannten die äcker ausschließlich vom ackern)
wenn sie zum gebet mit kopftuch & hüten
die frühmess aufsuchten. Die augen verzockten
die blicke angstflackernde unruhgebärden
wie stetig ins scheren getriebenen schafe / 1 rudel
aus blökenden bildern / die *herde* wäre
zu bethlehemzahm, sprich
deshalb mir nach & wort für w:ort

»Ich hab mir die Welt an die Ohren gelogen.«

etwaige ähnlichkeiten

der spatenstich der durch den schaufelbagger ersetzt wurde
das letztgeleit & die ansprachen
vom krawattenbinden vom hemdaufbügeln vom wort-
gestöber IN DEN URKUNDEN

schuhe seien nicht mehr dafür
1 hosenanzug schon möglich auch 1 gürtel
die kaffeesahne & die schwarzwälder kirschtorte
nicht zu viel 1 GLAS WEIN 1 BIER

die letzten worte sprachlos die augen geschlossen
abgehängt flüchtig gewaschen angeordnet
& auszuwählen farb- und holzmaterial kein rüschensaum
wer übernimmt?

Im Schwarzwald, an einem geordneten Tag

Volker war in den Wald gegangen.

Dort traf er zwei Jäger auf der Pirsch
& fragte, wonach sie jagten.

Es sei Schonzeit, sagten sie.

Sie ließen ihn gehen.

Für Volker Sielaff

wort & welt im ohr

I

aber die stille
aber der schrei der verpfändeten stille

& ich bastard & ich bin sogar würde / wer?
die schlag
lochargumente (1 GRAB
AUSSCHAUFELN, vielleicht, wenn
überhaupt). Sie sprechen nicht. Für sich
die bilder, die bilder & die be Haupt-
ACHT!ung »Kopf ab!« Auch die *manu*
poliert, zeitfacestream / *war on* inter-
net, sprich
handan
gelegt, ge
filmt, ganz (auto-
korrektur HU
MANUM) was
balkenb:leibt 1 strichcode MENSCH, so
haltbar, los & vor
übergängl
ich. Dies & *wegen*
einer aschenwolke stand die welt damals still & stillte
pan
zerrohre, usw. Sie wissen! Dabei reicht dem einzel
nen 1 schwert
& las ich »die letzte luft ausblubbert« So atemletzt / so
atemzisch
& schreibt Rocío »ruído blanco« / ich höre
: weißes rauschen & nicht zu übersetzen
der tag, wie-
der

über welche einsamkeit schreiben?

2

was die hände des schnitters erfassen
das versagte der jahre &
die abgehetzten biographien

3

vom körper verbleibt 1 uhrschlag der zeit
die statistik der flucht
aus täglichkeitsnot & Geschichte

4

in der geburt die äußerste stille
die niederkunft der wundgewähr
aus welken & w:erden

5

aber der schrei
aber das brot das wasser sagt

waldschwarz schwarz &

auf
geschreckte mottenflügelaugen-
blicke
sehn sucht nach fern licht nähe &
k:ein ver
bindungsmeer ins himmelschwarz
fern sucht dehnt licht aus / gedanken-
trübes grenz
erweitert
schlaflider, liederschlaf
schlaf, schlaf
der b:leibt & baldet

abschiedsmood

da ist vertrauter sommerregen, ein lautbesänftigter
& die septemberstille sie ist. Nicht minder zuflucht

der blick ins tal. Begünstigt
ein flimmerstaub fremdferner lichter

sie schweigen dorfgeschichten ab. Im wind
der taube ohren. Da ist

ein ungereimter körper
der sich zur stunde wortvergreift. Die nacht

ist steinverwitterung. Im dunkel lasten
die wunden namensw:orte, die vergangen

was b:leibt?

bauern brot

& kreuz
(pflugspur des segens-
messers) es war

1 heilig zeichen & aus
dem herr-
gottswinkel sprach

die ährenlese
dank / das mahl & war
der backtag stets

zugegen & im
gebet das werk / die müh
vom vorrat nach-

gereicht
die arbeitsleiber / sie
buken brot

einmal im monat &
zu tisch
war immer einer mehr

geladen

zeilensprünge

donauquelle (Donau
eschingen ?) sind regentropfen, fortzutragendes geschmeide, vage
sicht-
barkeiten über wunden, w:und die stille, die sich wellt
»un silencio ondulado« (Lorca). So mag er es
empfunden

am Inn &

die schanze ohne schnee / im mai
& heimat sei
die hand am helm
vor gipfelglühn. Es brütet sich
wohin & hin & hin &
hinters licht geführt

es reimt sich her die not
& reimt sich tod auf tod

la lluvia aprendió la música de la calle / lernte
der regen auf der straße blind zu musizieren & lautdurchnässt
wie bettelfeucht wie herbst nur ist 1 dauerklang der abschiedsweisen
in rhythmenschwere die
nicht die frühlingssonnenfäden m:eint & ein
zieht nebeldick 1 tristgewölk (wolken, menschseelende metaphern)
1 regentümpel nebelsumpf so
wie das klamme feuer fort
brennt & schlieren weiterzüngelt &
zäh die augmonotonie die fällt / wär nicht
das holz-
gekrächz im hiobschweren sturm
gedächtnis das sich aufbäumt hisst
vor furcht & franst
die matten segel erd-
genossenschaft / die zeit
ungsseiten schwarz vor NICHTS
(wie schwarzer traurigschnee & kälter
die leichenstücke wenn
gedankenHERZEN sie bedecken) – so stell ich's mir vor, man sagt
dort in den berichten hause das gefühl &
chronisch krankes mitleidsfließen
: jüngstes wasser sickert in trockentropfen unentwegt
ab in den grund. Was b:leibt das IST
& los der wörterdürre, die gemacht gemacht

aus blick, *4 szenen*

(aufführbares Gedicht)

I

sitzt
sitzt die nachbarin
mit strohhut unter einer palme
sitzt in den tag
sitzt in den tag die nachbarin
strickt
strickt mit den augen
strickt mit den augen an
ihrer biographie
(himmelsgarn, erdhand)
stopft
stopft wollfäden
stopft wollfäden ins gehör
stampft auf den ohren davon
bärbeißig vor flüchtigkeit

II

bringt
bringt ihr gatte
frierwestchen an & cordbehost
bringt einen teller
bringt einen teller suppe
schweigt
schweigt einen löffel voll
schweigt einen löffel voll nacht
in ihr gesicht
(wundvergabelt, messerblick)
schneidet
schneidet ein
schneidet ein den plattenboden
stampft auf den ohren davon
bärbeißig vor flüchtigkeit

III

torkelt
torkelt der sohn
auf seiner wodkahaut
torkelt das glas
torkelt das wodkaglas der sohn
blinzelt
blinzelt aufs fettauge
blinzelt aufs fettauge der suppe
kotzt
(mundbefäultes, lippenfransig)
lächelt
lächelt aufgeräumt
lächelt das wodkaglas an
stampft auf den ohren davon
bärbeißig vor flüchtigkeit

IV

wedelt
wedelt der hund
wedelt der hund schwanzfamiliär
wedelt
w:edelt

(Vorhang fällt)

intermezzo

wir stehen in Raubling, schönw:ort
unverhofft die oberleitung sei um
an einem umgeknickten baum
gescheitert 60 minuten mindestens
so der schaffner habe münchen
gemeldet & die unbestimmte dauer
fahrgasttröstlich aufgehoben

ich tröste mich derweil mit Diderot
er reicht mir
über die jahrhunderte
einen satz in die geraubte reise-
zeit *Die Armut habe*
ihre Freiheiten, der Reichtum
seine Zwänge. Ich hätte die freiheit
zu fuß zu gehen

»Achtung eine neue Durchsage!
Wir müssen mit ca. 120 Minuten
Verspätung rechnen.«

tagbuch 1

fremdein-
trag: »er fühlt sich
un
behaglich, also
meidet er die blicke. A. ist
44
& ein meister
im vermeiden geword
en.«

tagbuch 2

der kalte wind
der selber friert
die umgebung
die d:ich scannt
das gefühl
das neu
trum geworden
tat
sächlich

tagbuch 3

dieses land
dieses land
schaftsöd, so plötzlich
sieht aus
wie ich
&
k:ein ankommen
das wäre. Ist

niemals

Hotel Bamberger Hof, Bellevue, k:ein datum

1 bahnsteighorizont aus minusgraden &
der spannbreit einsamkeitsgewähr / bald über

Nürnberg Augsburg, Erlangen dazwischen
die immerfrage *Wo bist du? Du bist wo? Bist du*
wo? Ist

eine kitschgebühr der ableberei das sehn
suchtsfragen in den farben kalt-gepresster embryonen-

küsse auf kälterer stirn 1 kuss 1 dennoch
auf den jetzttod noch & warmer haut / es küsst

die sensnerin küsst die sensenmännin/ küsst
die wörterstarre fremdgestalt so männlich küsst &

weiß nicht wie 1 weiterleben
so wieder-
holung überall, danach

danach ist datumslos
k:ein datum ist

davor & löst sich auf & küsst

Für Erwin Krottenthaler

bei Günzburg

2 dörfer das eine
mit vergessenem? mai-
baum das andere
2 parallele kräne &
gräserballenplastik
planes licht
auf den wiesen davor
ich schaue
die hügel & landschaften ab & hoffe auf
einen leichteren blick
(halb drei zur nachmittagsstund)
bei Günzburg & mutterseelen-
schnitte weit & breit / 1 traktor wendet
das heu / 1 frau in jeans gabelt
den rändern nach
was hinter den mauern
& überhaupt-
sächlich verschlossenen
fenstern &

»ach, die verwaisten balkone«, werk-

tags das aug
hat
windgräten, die muster verschluckt

so mensch-
imaginär, nächtens. Lieb
gedicht III
(1 versuch, schritt zu halten)

wieder B. &
die nacht-
gebärden sperriger / fühle
uferleibend beim spaziergang

eine art *Erlaubte Stadt*, die
geschichtsblätter streut. Wir
treiben schweig
end aus

der zehenspitze voll
gedächtnis. Historisch
vermessen auch wir
den metropolenhimmel, heuer

am Potsdamer Platz & vor-
kommt mir der ort so plötzlich
vornüber augen-
blicklich

bei fuß bein rumpf
& *körperbald*, alt &
kopfk
älter. Ich schaue

um wesenszüge kopfk:älter
die stadt / in dir
d:ein mienenspiel *alles*
mauer, mauer alles

& spüre ihrer bei
zeitig die flüchtige haut
gestenbereit
die Trauer. Du erzählst

von jener straße & dieser
& wie sie um-
benannt (gewagt
e schnitte) & 1

glasschrein licht-
mund über uns. Du
sagst »All die inneren Plätze!«
: wo wir gingen *ist*

wo wir sind *ging*, so
eingeschüchtert
die metaphern entlang
Berlin

& mythos B.
1 demutsvokabular
atem-
geschmiedet, bleibt

: wundrausch niemals-
schlaf & immerwach
namenszuhauf
die herkunftsgeschichten

& gesichter, so verschwenderisch
die straßen, die
einst
w:erden, einst

& wieder B. &
labyrinthisch
nachgebettet
im steinernen laken. Wir,

unsverlassen, ganz auf-
gehoben
als greifend die stelen
&

der leuchtschaum-
fall schräg gegenüber
sagst du
noch einmal. »Schau

die Stille!«

für R. D., von fern

weiß verlorener pfeil (SAETA)
auf schwarzem screen
(1 BILD 1 SCHIRM)
1 vir
tueller regen im internet/ ein mouse-stream-zittern
ernährt sich feist
von meiner rechten hand
zum schluss die nachrichtenernte
: 1 buchstabenmassaker & sagt
1 dichter aus afghanistan
»Deine Augen
sind keine Augen. Deine
Augen sind Bienen.«

Kandahar? Was bedeutet
Kandahar?

Wie tauschen wir *die bloßen Seelen* &
kämmen die *Indiananerhaare*?

A Ricardo Domeneck

Salz

burg. Kommen aus den gassen
die schwarzhaarigen & die rot
haarigen die blonden & brü
netten. Kommen aus den gassen
die langfingrigen hälse & beine
bauchabenteurer. Kommen
aus den gassen die an der leine
wackelnden hunde die links-
trächtigen katzen & schweren
futters die letzte m:ahnung
»kopfsteinpflasterklopfer«. Die
fußrichtung. Immer einbahn
straßen. Kommen, so könnte es
kommen

1 schweigen. Es war 1 schweigen
zugange die fenster morgenoffen &
die atemzüge 1 atem, so leicht
& in mir die haut
die unberührbare nähe, hand-
gelähmte stille

irgendwo dort am nirgendw:ort
wachte ich auf & hatte
diesen rücken im nacken
& vor mir die haut
die unberührbare nähe, hand-
verwirkte stille

dann brachen wir auf

tableau 1

nacht blick, stillleben in L.

von der skyline überrumpelt die weiße nützlichkeit des schreibens
1 tischdeckenmassiv & die ausgerahmten fenster-
kreuze 1 aufgerissenes, aufgegriffenes des w:ortes, hier
das zeitgelübde SPRACHE *sächseln sagt das sächseln* &
wie der taxifahrer dabei massenbesucher kutschiert, es sei
gut für die stadt die gastronomie die hotels das horizontale gewerbe &
überhaupt für die taxifahrer & später die gedanken
von der skyline & welche figur
überrumpelt das schneeschmatzende, schneeschwärz:ende
1 abschiedsmärzen, dem grundvokabular im straßengraben begegnet
DRECK & dann war da noch DRECKSSCHNEE & groß-
geschrieben
korinthisch sagt jemand korinthisch die dürren
palmen & blassgrün verschlängelt, hier
geschichtsblass & 1 ab
geblättertes abzeitiges nikolaiweiß nikolaigrün, es kostet
aus, devotional.

tableau 2

sprayer silber, gesichtsfarben in H.

schlangenlichtlinien im gepäck schiere
schlangenlichtlinien : tropft ES
tropft vom gepäckträger tropft es fotoalben, schwere
kofferschlüssel & augen des verstandes
wie in HERZVERSTAND, kleiner
standBILDwinkel &
im täglichen gebrauch ZOLLSCHRANKEN
= 1 Soll 1 Haben 1 VerWEIGERN
die metaphernfülle
1 gründerzeithaus 1 gründungsmythos, *unbombardiert Halle*
war unbombardiert, später rübergerettet die bausubstanz &
newstyle heuer : sprayersilber & sprayergold
kurz vor dem himmel verwölbt
die nacht? Ein japanisches bett
1 blütenweiß 1 blütenweißlaken
3 zeilen LEBEN. Es war es ist ES
ist 1 rucksack voll osten

tableau 3

vom ruinösen, libidinösen in M.

wäre zu sagen 1 ruinenfensterstreicheln das efeustieb
ende ruinenfenster-
streicheln den unbekannten winter
den winter über augfällig stumm &
inwärts & treibend verleibend das gefallene, gefällte
der backsteinskulpturen, ZEITFÄLLER ist luft 1 ZEITFÄLLER
eigen-
tlich 1 fensterschmerz glas-
schmerz kälte 1 reservierung & zungenfremd
nicht die sprache ihr sprechen IST 1 zungenfremd das ver
wüsten. Dann schweigt die erzählung moderat radiert, weg-
radiertes stillen & keine STILLE, die war
was da stand ZIEGELSTEINGESCHICHTEN
wer wie ging & wo & weshalb & wer
der erinnerung wäre großväterlicher mörtel UR
großväterliches GESTEIN & die frage
was wird von literatur erwartet?

tableau 4

trübsinngedämpfter bahnhof in Hannover, heute

im ICE 1 nebelgreishimmel & stehplatz-
gedanken. Sie
sind auch eine Reise, die ZEITLÄUFTE. Ich
lese: »Seniorenresidenz & Pflegeheim«
ohne kupferkuppel, sie, ehern
reicht den steinwurf der geschichte weiter, 1 hei-
teres BLEIBEN
die frage, was b:leibt? 1 RAUM-
BÜNDEL *notkunft* & das frühjahr wird das moos &
wärmer wird das ALTERN, viel-
leicht nur eine atemspende schlaf / das dornröschen-
geviert längst verlassen längst angekommen die mär von
lieb & glück *Lass*
dein Haar herunter bis in den rapunzelturmsonntag *Lass dein Haar* &
besaufen sich ein paar im bordbistro mit
angedachtem, nachgedachtem eierlikör *Lass dein Haar*
in diesen nebelgreishimmel diesen stehplatzgedanken *Lass*

k:ein versuch

die bienen verschliefen den frühling
des klimawandels wegen & dis
counter
gebote ergreifen vom multi-wok-pfännchen
zur praktischen geh
hilfe für 4.99 pro euro die griechisch erzählte zeit
mär-ratings gibt's bei ALDI-Nord per email
verschwankt eine nachricht zu Misr in Syrien
sind panzerkolonnen wundgierig nach mensch
& stadt & ich ver
suche, denke über 1 EINLADUNG nach
zum 20.
Julei & blizt 1 datum & blitzt 1 da
tum & bl
itzt

wohingegen

?

»das wochenendwetter wild wird«

wir wollten (welches wir?). Nun

wir wollten heute nicht viel
ermatten ledigl
ich einen geburtstag begehen / in feierlaune
den morgen vor dem abend (oder so ähnlich)
dem morgen schon einen nicht-x-beliebigen abend zu
ordnen die küsse das mahl & davon kosten
eine art BLÜTENTELLER vom tag essen die köstl
ichkeiten & gratulationen gar
nieren / BLUMENSCHMUCK. Auf die torte, schmack
haft schmuck & anstößig das datum fixieren, sprich
einhalt begehren die stunden
zähmen & ver
wilderte die zeit, weil die uhren die uhren
so gegenläufig

wie aus dem ruck
sack, 1 atemlos & fall-

gepoltert der weltenschrei – sie sagen »An den Füßen
hoch – ein Klaps oder auch 2« / erstohren-
sog an den mir
kein erinnern; danach
& mit der zeit 1 illusionsbesonntes
(herkunftsversammelt)
wie plötzlichkeiten ein

berufen die retouchierten prägebildchen
im taufkleid kinderwagen auf dem arm
dem schoß & vater mutter
1 insgeheimer haltungsstolz & migrationsberuhigter. Da war
bereits 1 schwarz
zu gange & tod 1 schirm
1 kopftuchkruzifix 1 habitus madonnensilber (als
wäre trost dort abzuhandeln)
& butter brezeln fett
& hühner gab es stallzuhauf die

auf der straße
vor dem haus
den wolfshund flohen & aufgescheucht
den nachbetäubten Krieg der
fahl mit korn & stierem blick
auf elendskrücken stumm-
polierte kälte eiste (zum fremden
mal vernahm ich Stalingrad & dachte »not
temperatur«) & bald

an ostern
frohlockte wohlstandsheiter
1 eierbuntes & lächelfein 1 gelbes kinderrad stütz
räderaufgemotzt im nest. Das war
1 schönfingierter frühlingsmut, brennnesselsicher. Der lausbub
grinste (& schmuck in hemd & hosenträger fliege) auf dass
1 kindergartentäschchen sein pausenbrot erreiche & mär-

geräubert verneigten sich zum vorschulschluss
die bremer stadt & musikanten. Ich hätte den esel
mimen dürfen
an jenem scheidesommer beim festauftritt doch
sollten ferienmarotten das mittelmeersardinenfeuer
schon eher angezündet haben, *el mar-la-mar*

Lyon-Port Bou war programmiert & irgendwann
weit hinter jeder vorstellung der durst & nur
kakteenfelder & altolive dämmerungen & knorrig zahm

verwaiste & quer
verankerte geruchsgestalten, sie wurden
juli-
wegbegleiter, m:ahnend. So
windwundwahr anarchisch
ab Murcía Elche Lorca
& sämig kroch die straßenöde
in aufgesparte, uns aufgesetzte w:anderaugen
& kilometerdürre trieb
die elternlieder heimwehtexte
die winters nördlich mundgepackt & schließlich
wie ein gast
geschenk den grenzversehrten & übermüdeten
das lichtgefähre zeigten
: 1 ankunftskarges Málaga, Costa del Sol
(& vater wurde glück

lich, schwieg) & uferrauschvisiten kürten
kaum aufgewacht am nächsten morgen
die urlaubspflichten / metaphernschwüle
aus staub & strand
der sand
ein einzig stunden-

glas verwehte
von Afrika herüber & unversehens
da kenterte das meer
(wie dieser tage
die flüchtlingsboote kippen

& namen

losigkeiten den wassermythos kerben & wir
im rattennacht versteinten erklär-
manöver. Es wird
1 hoffnungsleck gerissen
aus leichen) & vor
den väterschatten die schaukelstühle spuken
1 scheinverblichenes zurück & all die tantenküsse
die sich erschöpften
in tausend heißgewetzten sprachen

bis später

schul & tütenfreud, bald ernst das heft
das schön & voll zu schreibende
das ritualvertäglichte befremden
die fragen lernvergessen hieß & ab
ins *tadellose* mündete & hin

zum tabernakel der erntesegen führte
& brav
& fromm & kniend
& jene lehrerinnen lobgesichter sind nach wie vor
1 abc-gedächtniswohl &
damalsfräuleins wie sie sich gaben, fast

& fastenzeit war ebenso die tugendregel
1 schokoladentrauriges entbehren
& doch so schnell von einem w:ort
zum nächsten wortverpflanzen aufgezehrt wie alt-
tradierte namenstage pfingsten weihnachtszungen. Nichts

destotrotz schien jeder tag kalenderfrei
ganzjährig stromerleicht wenn auch
kreuzbergkapellenopfer uns waldwärts mit

disziplinierten & glockenstramm
die sonntagseskapaden störten
& *Fasent* (ich schwör's

»Beim Narrozepter. Amen!«) sie war
von klein auf ebenbürtig
zum immerschalk gewachsen. Sie trug & nasenführte sich
& uns (die eigenwillig rumpf
ligen komödienspiegel) mit hut
& masken larvenfurcht. 1 schelmenspaß
am aus

gelassen SEIN, häsfieber lang die willkürfratzen
speckschwartenstücke schweinsschwänzchensuppen
ins memento auszukosten die wild zerkleidet wunderfitzig
tischschnurren werden wollten & Winnetou
& Lederstrumpf & Tarzan & John Wayne
ihr widerstand gebar schnurstracks & fernsehspannend

den pubertären heldenschmaus, *die welt*
mit sätzen zu verbessern
war bald motiv & ziel in einem

bis reif & gläubig gymnasial
das abitur das studium das sich wirklich-
nabeln-ab (oder auch nicht) vorsprach

: auf jeden fall der reiseplan. Er
mutete einfach, nicht einfach so & un
bestimmter aufgefüttert mit den wörterjahren. Es folgte

herztatoo auf körperträume & begehrlich drängten
die fühlungsnahmen labdistanzen (anbahnungsweise sacht)
verschworen sich im lustvermehrten & schminkten allenthalben
die eine oder ander

lieb & liebelei
& junges zartgeklaube konsumierte die himmelspauken-
schläge mit rohen versen die sich wehrten. Nicht
zu vergessen die mittleren die späteren
die künftigen? wer weiß
was angesichts der pilgerpfade
gesprächsreminiszenzpirouetten
samt sinn

fraktur-fragment-geschichten… Ach
so viel. So viel. Dazwischen wäre

MANCHES MEHR
vielleicht gar
demutswenig
nicht zu sagen. Nun
bin ich – *wo*
nehm ich, wenn
(1 gruß an Hölderlin)

der b:leibt

noch un
beschrieben, gott
seidank & doch
das brachzitierte mauerkalt
ereilt den schlaf, den schlaf

und Monate rauschen
wie Schneeflocken an uns vorbei
Anna Achmatowa

geburtstag & zeit

von den schneeflocken
gehalten / vom blütenverstauben

im winter, hier
die schlitten-

fahrt in unsere jahre
hinab, es könnte

so leicht

sein / froh
zu w:erden,

halten wir uns

an den schnee
im sommer, heute

reimt 1 kalender
frühling & herbst / kennt

das blütenverstauben im winter
den schneefall im sommer

selbsportrait an einem 27. julei

regensonntag & juli
blätter am kirschbaum 1 AUGUSTGRÜN bald. Ich bin nicht
versöhnt. 1 pianospiel von irgendwo-
her ins stille ins feuchtschwere / schreibe
ein alphabet TROST
ALPHABET das heute beginnt. Könnte auch
gestern begonnen haben oder erst
am 14. august im herbst im winter. Jeder
tag ist ohne gestern ohne morgen ohne jetzt &
ohne plötzlichkeit
oder ich notschreibe: IMMERJETZT = Zeit Zeit ist
immerjetzt

& notiere: magnolie mandelstam mutter, mehrwärts

1 ohrennest olivenfall 1 omega

HERZ

sei das herz
zu führendes gefieder ohne bedienungsanleitung
: 1 kategorie warm-
herz 1 puls schlag (un
romantisch). Vom gebratenen geflügel danach
vom gestellten kamm,
vom verlorenen / erinnerung keine
nur kopflos verrennen die RESTEZEITIMPULSE
w:orte & späteres HIRN / im später geht schlafen
der hunger
gegessen getrunken wer müde
der traum 1 befehl
(auch im plural)
1 mund
1 mundgestopftes, ganz
herz auf der zunge &
hand auf der zunge &
auf der zunge zungenschnalzen, usw. &

tausend verbogenheiten &
irgendeine
: märchenschlacke

blaues HERZ heute

himmel, himmelheut
1 BLAU herz himmel. Was
das sei? Ja & immer
: 1 HORIZONT-
himmel in dem aufgehen & weiter
& weiter verleiben
der pulsschlag das lächeln
das blütengewölbte geöffnete türen
& fenster & niemals verschlossen
die luft. Luft
die blau
ins blaue beseelt dein wort
das licht kämmt
in die schatten. Licht
das lockt

Für Nora Gomringer

»dann tauchen sie wie U-Boote aus dem Blätterwerk auf«

die w:orte. Es war

1 wasser-
fall einst & der eichhörnchenfütterer

fußgängerin

es sei dir
aufgefallen, dass
die n:acht 1 sommer
& der tag
1 winter-
bruch / einbruch. Gewesen
plötzlich, so
1 rudel winterdürres suchen wie wolf & wälder
widerw:orte, so 1 rudel gegenworte
plötzlich wie hautbalsam & äsen, sensen-
frau &
abgezogen ist
das wettermatt
in deinen augen meine &
unversehrt die
doppelbrache sicht auf schwere eisen-
sätze (auf & zu & auf & zu) & abgeriegelt
ganz & wetzt
1 abschiedsfort / ja, fort-

schleppten sich
die w:orte vor
die leb die einstpolierten türen
als hätten atem-
not die füße
1 bis zum platzen
ausgedehntes immerpräsens
: mutterwörter vaterwörter kindsgebein

no somos nadie & könnte
spielen mit dem tod & ringen um / abringen ihm
1 letztes zeichen

&

Für die innere Trauer gibt es kaum Zeichen
Roland Barthes

cut oder konjunktive an einem ostersonntag für Thorsten Ahrend (versuch dem engel nachzuhören)

1 aufführbares Gedicht

wäre fast bereit
diesem tag [1 Herr
gottstag]

einen kosenamen
Trauerlamm?
zu geben. 1

stein-
mund weit
geöffnetes gebet

von Du zu Du
ganz
engelzahmer

: sterbling DER ICH
BIN & wäre
fast bereit zu lieb

& äugeln mit
der kummerstund
die drei & täglich

lumen christi
wäre nacht-
hell dann

& fast versöhnung
wäre
nicht

m:ein wirklichtod
im nacken
der es ver

böte / ver
bietet zu glauben
es könnte

verstanden. Je-
mand begriffe
das [*cut*] ver trös t

Ende. Sprich
: irgend
ein konjunktiv nur

das leben &
wäre heute
fast bereit

zu ver
schweigen die zweifel
wenn nicht bei fuß

1 vorbote als
»Grimassen-
schneider Tod«

an beiden händen
[1 SCHNITT
&

1 GEBIETER]
1 bloßgedanke
zeige-

hungrig spräche
: verheerender stumm
ling & licht-

bruch leib-
schürfender schrei. S:eine plötz
lichkeit im ohr &

mit-
gebürtig diese fratze. So
als wüsste er selbst-

gefällig. Er
weiß & führt
[uns] schrecken-

lang & sagt
Kose mich
& all die toten

dies gesterbe
kose all
die erschöpft

verwelkten w:orte &
bliebe
mir dann / bleibt

nichts
als dies
: 1 konjunktivisch kinds-

gebet / 1 war
& wäre & er-
wartend nur ihn

: 1 rückwärts-
spiegel der b:leibt
aus schein &

bild um
bildgewähr
bald-

starr. Schneller noch
starr
& steifes Betlehem.

W:erde
sagt er
Du bist

1 konjunktiv. Sei!

GBU-43 / ich lese

von der »Mutter aller Bomben«. Sie
hätte einen tunnel
zum ziel gehabt &
eine terrormiliz in Afghanistan. Es
heißt, sie habe
ihre ziele nicht verfehlt. Oder
doch?
GBU-43 / ich schreibe

»wunde stille«. Ist das schon
1 verszeile, Gevatter Tod? Morgen

sei Karfreitag & menschengöttlich. Es gibt
k:einen zufall der gedanken. Das
gedicht fällt mir zu wie ab

fällt das wort. Ich lerne

GBU-43 // »Mein Gott, mein Gott …«
dann
sprengt sich der Satz
selbst in die luft.

kar trilogie

I

Freitag

kreuzleidenskuss der gottesnähe. So wie
in *Schokokuss* & Osterhäschen & lippen-
schaum »Der Mohr hat seine Schuldigkeit getan …« (Schiller)
fir d Katz &
»Unsre Katz heißt Mohrle,

hat ein schwarzes Ohrle, hat ein schwarzes Fell…« Die
engelshasenscharte b:leibt (MUNDHOFFNUNGSSCHNEISEN)
essig-

wasser nach dem lanzenhieb. Als fluch:t
das stachelnest. So wie »Oh, Haupt voll Blut« & dornenkron & sei
am dritten tag sei auferstehung leben
sei / sei sieg. (*1 Papstzitat*) & wundsieg denke ich &
niederlagenw:und die frage: »Wen suchst du?«

II

Samstag

Der Gott, den es nicht gibt, in mir ein dunkler Riss,
ist meiner Seele nah, so oft ich ihn vermiss.
Christian Lehnert

Eine Leiche kann im Rahmen eines strafrechtlichen Ermittlungsverfahrens sichergestellt, nicht jedoch beschlagnahmt werden, da der Betroffene keinen Widerspruch einlegen kann und kein Eigentum am Leichnam vorliegt. Demnach ist auch keine Eigentumsübertragung möglich.

mitschnitt, österl
ich, das feuer

& war das steingeheimnis heut
auf dem Mississippi unterwegs. Ich sah Tom Sawyer &
ostereier in der hand
die schokolade 1 grabtuch lang
die kindserinnerung. Es schwamm
ein leich dem *Großen Fluss* davon / 1 dolch
in seiner brust. Der mensch
so lese ich, sei auch nach dem Tod
s:ein »eigener Herr« (*Wikipedia*), auch
wenn er treibt auf einem wasser?
& unter GOTT der wissenseintrag »Ein **Gott**

(je nach Zusammenhang auch *Göttin, Gottheit*) ist innerhalb verschiedener Mythologien, Religionen und Glaubensüberzeugungen sowie in der Metaphysik ein übernatürliches Wesen oder eine höhere Macht. In der Lehrmeinung und Praxis vieler Religionen werden einem Gott oder mehreren Göttern besondere Verehrung zuteil und besondere Eigenschaften zugeschrieben; unter anderem erster Ursprung bzw. Schöpfer oder Gestalter aller Wirklichkeit zu sein.« Ein samstag

frisst sich selber auf & dergestalt 1 Hallelujah
in glaubensdünnen *rädderle*, sprich

1 hostienhauch (»Eine Kniescheibe
in der Glasvitrine, ein Handknochen
im Bilderrahmen – das Kunstwerk muss
als solches gepflegt werden«, sagt von Hagen &
»Einen Penis mit Hoden als Revolver
oder ein Bein als Golfschläger«
dürfe es übrigens auch nicht geben,
sagt er SPIEGEL ONLINE. »Ein Gehirn
als dekorativer Blumenkohl-Verschnitt auch
nicht. Ach ja, auch nicht als Untersetzer«.) Ich
stückle münzen auf meine aug
enwerk (die augentaschen voll) &
habe keine ahnung wirklich
von religion & malerei

Zivilrecht

Im Zivilrecht fällt der menschliche Leichnam unter den Begriff der Sache.

Strafrecht

Der Leichnam eines Menschen ist im Sinne des deutschen Strafgesetzbuches keine bloße Sache da die Menschenwürde auch über den Tod hinaus wirkt. Nach anderer Ansicht handelt es sich zwar um eine Sache, die aber nicht eigentumsfähig ist. Jedenfalls ist eine Leiche kein taugliches Tatobjekt für einen Diebstahl oder eine Sachbeschädigung. Als Straftat kommt insofern nur die Störung der Totenruhe in Betracht.

Antwort: & das soll 1 Gedicht sein?
Frage: Ja, mit Leichentuch.

III

inschrift des regens

von den jalousien tropft 1 sonntag
ich bin Maria Magdalena
der vor leere fast zu stein geworden
& geschlechtslos ist / der tod
die frau / im deutschen einst das Weib
DAS, die nicht mehr aufbeg:ehrt
die nacht ist wort
so wie der tag
& alle zeit hat
kein geschlecht

poems spin-off & mehrsprachig, was

a ultranza / made the day 1 be
kennerschreiben: »wir
nutzen jeden an (wie krud
die vorstellung   : *annutzen*
wie in anmachen anbaggern, usw.)
wir nutzen jeden an-
schlag &
jäh & je
den toten / auch die
die nicht *ganztot* (noch nicht) / mir ist
zum gräbersteine HEULEN auf
englisch
to boohoo 1 laut
getriebenes (wie stumm der pfortenengel zeitlos lacht!) *Boo*
hoo & *werwiewo ist who? To whom?* Es könnte
1 protagonist geboren w:
erden / einer
der zu viel des guten weiß, weil wusste / an
einem ostersonntag, bei
spielweise &
lichtschatten kar-
herkünftig, immer wider. *Let's make*
the day & aufs geratewohl *a diestro*
y siniestro & keiner
der den klinischen tod festgestellt

: schon als kind gefiel mir das spanische wort
resurrección (»aufERstehung«) – es hat
etwas entschieden aufbegehrendes 1 messer
wetzen

kartierter montag, pfingsten 1

von den unsichtbaren zungen nicht gehalten
zum frühstück 1 kamelbild beladen, sprich
handelsschiff der wüste &
aufgeschnappt das gründungsgeschenk
gold weihrauch myrrhe, dann
verabredet in den abschied
odenlange schwere, die stumme
vorstellung von panzern & wohnhäusern
kein geist der nicht wüsste
um die nahe historie der w:orte

all die toten zu erahnen
reichen die münder nicht
sagt der orientierungslose & hält
in den händen das abstrakte brot

kartierter montag, pfingsten 2

1 frosch im könig putzt die fenster
sprechprosaisch ganz & sonnen
los das wolkgeläuf im f:einen
blick 1 lied
betrachtet *Ich*
weiß nicht, was soll es be
deuten / so lied so viel so gülden
lug & wahr kein kuss
der wünschelrute wär. Es
fallen buch & stab
sich um die steifen nacken
aus hals & hals / *ach, wie gut*
dass niemand weiß
wie durcheinander klar &
alt-
gedient das zungenstück was mär was mär
& mehret sich 1 narr
der glaubte
der tag
sei tag. Er schüttet aus
sein stundenglas & *Brüderchen*
& *Schwesterchen*
so sichverirrt *dass ich*
zur nacht *so traurig bin* / es b:leibt
die lieb die lieb so TOD
das lied bald bleibt & gruft-
gefreit

kartierter montag, pfingsten 3

all die liebesnächte fast
vergessen nicht die liebnacht
hinterm scherbenfenster
da war da ist versplittert
1 tanz um jede fingerkuppe
& barfuß jede stille
kein schuh zu groß zu klein
1 bild gewürfelt ufert ein
nachsichtig bald um einlass bittend
& lautlos geht das glas zu bruch
zu boden
der einst glänzte
einen putz & lappen lang
sprachen wir ganz ohne
sprach & domizil

heimweh

heimweh nach trost
wie er das auto wusch
s:ein kopfschütteln / filigranes
gelächter & heimweh ins
vor
gewärmte bett / da
wartet m:einer
der spürt das leere bett &
heimweh nach einem kaffee
einer zigarette / das zaghafte nachfragen
»wie war's?« & dieser atem
im haus im treppenhaus beim
blumengießen & einem sonntagsausflug
vielleicht gehen wir essen heute abend vielleicht
auch nur irgendein fernsehabend
1 krimi 1 western vielleicht &
heimweh aufs vielleicht geschultert &
heimweh nach all diesen vorsätzen / vorgültigkeiten
die nachgültig endgültig & wie er
zum abschied die hand leicht drückte &
heimweh der hand

I

habe mir
einen notgroschen zur fremde gewählt
die stiefel vors haus gestellt
& dem regen die fenster geöffnet

der wind sprach mit einem rucksack vor
am birnbaum lehnte der sommer
& der küchentisch ist seither gedeckt:

das erste glas wein
der letzte frühstücksteller
& sätze
die du nicht ausgesprochen

2

hinterm haus der großvaterbaum
trägt magnolien in den august

die wundblüten wuchern
das frühjahr fort

kanalratten lauern
auf entenküken

magnolien treiben
ins wasserversteck

3

manchmal im frühling
dir war jede blüte oft näher als ich
du sagtest: »Ich muss noch aufs Grab!«

manchmal im sommer
du warst im kanal, die beine erfrischen
du strahltest als ginge die kindheit ins wasser

manchmal im herbst
du sagtest, es sei so kühl schon am abend
du wolltest dann nur eine wärmende hand

manchmal im winter, im letzten
du sprachst bald nicht mehr vom kommenden sommer
du sagtest: »Glaubst du an ein Leben danach?«

4

ich kenne einen jungen mann
der schreibt mut mit zwei *t*

irgendwo zwischen mutter & kreuz
gab er die rechtschreibung auf

wenn er einem buchstaben nicht verzieh
dann war es dem *t*

er braucht den spiegel im wort
nur so kann er sprechen

welchen der briefe könnte ich (…)

dass es stürmt heute morgen
der olivenbaum sich quergelegt
wie ein obdachloser
im schlupfloch auf besseres wetter

du hast nie *Postbote*
sondern *Briefträger* gesagt
wenn es klingelte
& dass der kaffee zum bloßen ritual
verkommen
ganz ohne rast & ruh
auch das hättest du gesagt
& jedem tag einen rosenkranz
abgerungen, heimlich

dass die gebete wie eisschollen
ins offene treiben
& jedes vaterunser ins meer
kracht
& bild um bild ins schweigen
schmilzt

du am fenster
mühsam winkend
& wie sich lachen anfühlt
im nachhinein
in seiner unumkehrbaren lautlosigkeit
als liefen die buchstaben stumm

kein brief
der nicht an dich gerichtet

weihnachtsmündig, ostergelb
trauergrau

was dich herleibt ist

das nichtgesagte, erkenntniswelk

cante de luto

1 reißwolf. Im sterbedatum
1 reißwolf

& rettet 2 wörter
: *mondschattenlieder safranfrüh*

august ist der grausamste
unter den zwölfen. Ein vergangenes

welkab-
gelegtes lied

not & gebet

wir könnten uns wieder & wieder
: begegnen & *irgend-*
woimmer sagt jemand
in mir / bald
IRGENDWO-
ALL im foto-
vermächtnis der kälteren nächte & tage
im wunschglast-
begehr im fernwortgestöber gedächtnis verlinkt / im wort-
losen dickicht der sprachwurzelblindheit / gehoben & eins
ins sagen gehobener tod / denk dir
dann einfach
den plötzlichen nacktbaum & verzwei:gt – wie er sich
fällt – s:einen stamm / den rück-
halt im blatt
zerbröckelt verwitterten pelzdumpfen land / im farb-
aufbäumend
vertrösteten trost / 1 trost
gebrochen, der nachfällt & fällt
aus nacht-
getränkter sepia & kühle / oktoberverschneit & windig
im vor-
gezeichnet beladenen herbst
: die gefährten
sind wir / verhäutet
uns suchend
: ich bin
in wege verspurende ketten gelegt
aus gangbaren trauer- und altheits-
geschwüren im sommer er
müdet / augustverinnerte fragen gestreckte
: wir bleiben im *wo* / wo bist du geblieben? Wir sind
im schattenbedürfnis bittstellsilhouetten & eins & ge
zweit / denk fort dich dann (schnell)
in die steppen der ernten denk fort
die liebes- und hoffnungsmetaphern
denk fort / welch wort
ist diesseits noch mächtig? & wäre bereit
uns zu bergen wie märz
& magnolie uns bargen / verbargen? Es b:leiben verschworen

beschworene augen ins leere vergossen
dein lächeln, dein lächeln
im frühlingsversagen d:ein lächeln
& unter der mütze voll winter / ich bin
im kohlengeviert einer lausigen wärme

im novemberver-
schnitt verlassener gesten / im all-
monat TOD. Sei weiter

sei weiter – als
könntest du's hören – sei weiter 1 herz-
schlag & ganz
voller w:orte / mir
aug & gehör / mir

b:leibt nur dein lächeln

ausschließlich
ins stumme
& höre dich doch
& höre dich nach
& höre dich fort

un
stetes
vom poesiebegehren auf-
gelesen, hier
die folge
richtigkeiten, meta-lyrisch?

aus atem aus atem aus

atem

aus

& nichts zu gewinnen

NICHTS

nothimmel

notgebet / dies
nomadennotgebet der wolken &
kniefall des himmels / war
eselsbauch & schafspelzleib / eins
wir flüchtigdiener des regens / wir
ins feuer abgedankten / aus dem windsturz
nachgeschöpften & erdüber
nahezu komplizen: 14 nothelfer sagten
die uns den rosenkranz den beichtboten &
himmelsbogen in die kirchenbank knieten

brutpaar / das brüderpaar. Un-
gleich entzähmte w:orte & aufsuchend Das weite / setzt
1 urteil ein
dem geburtsbericht ab-
genommen &

an einem tag wie diesem, bei-
spielHAFT

chapeau! Der Nicht-

hut des todes im nackenkalt schweiß & ohne titel
1 TITELLOS

so titellos, plötzlich

hier ist mir jemand
der sagt
hier schlafen wir
hier schlafen wir
das gem:einsame wort aus
& in die w:orte verschleppt
auf eine steinplatte vermoost

ich gebe frei die verlassenen orte
an irgendeinem tag
der auszählt, usw.

& nicht schläft
& alles ist
nackten auges / war

& keiner der sagte
maß halten

poema interruptus

el mundo ll:ama 1 tatwort-
feuer, sprich
spanisch mit den forellen
sie haben die fischtreppe heimatbesetzt

: die mayaglyphen vergaßen den
menschenGOTT //
über den augen auf den augen //
zahlengewichtige
ankerbalken // //

heuer gestern gestern morgen
1 präsens & kein übersetzen

Amargo

1 alpha-
omega – so
als hätte es sich ausgelebt wie ausgeliebt &
ausbezahlt das lebenlieben im gang im fortgang her-
zugreifen & 1 dazwischen = immer
wie süß- und bitterzungen leicht & schwer & gras
kindsfüßig meeres-
land- und t:raumvergessen
ein lieben lang / 1 lieben lang
sie
immer im bereits gewesenen
¡canta, Amargo, *canta!*
1 liedfein sing, gerappt
1 fernsein sing, zerträumtes & bewahrtes so auf-
gebuckelt so aufgebündelt
die müdigkeit »den buckel müdigkeit ins jetzt zu tragen« schreibt J.
im ersten schrei schon der buckel müdsamkeit & heuer
spaziert sie stolz spaziert vorbei, kein blick
der sich erheben würde, kein alphabet
der demutswanderung
: das unausweichliche der un-
erreichbarkeit, *¡canta*, Amargo, *canta!*

frage & zeichen

wie genau ist blau?
es sei denn
in den augen der ver-
rettenden
die rett:enden verse,
so enden sie so blau-
augentlicht DAS
sch:reiben
»mohn & hohn«, da
nach …
?

ZUSENHOFEN, nie ge
hört   : aber es ist dein
nächster halt & im fern
sehen sagt einer «Neu-
Kölln ist überall!« **ES**
fährt weiter, usf. Die orte
& w:orte 1 nicht-austausch
bar & brachial
die brache hetzt

hirn

grenzbezirke, zwischenstationen
: 1 los des inneren, so wankel
mutig, kleinmütig in die gosse in die kopf-
STEIN ZEIT = G dächtnis
wie in dach unter den füßen
: abfallschmecken, hoffnungsrinnen
rinnen im innern alter worte. Wund-
verhortet
das wort, die w:orte noch die wörter
sagt ein anderer
vielmanchmal & 1 dichter »schädel-
magisch«

verstümmelte prosa, portrait 1

aufgeführt habe er sich
wie ein hund angestochen
sei er widerlich schon
von weitem ein gang wie
stockbesoffen schlaff habe
er ins laken … Na, Sie wissen
schon & »Mein Leben« habe
er immer wieder »Mein Leben«
habe er, usw.

verstümmelte prosa, portrait 2

ein anderer sei
brockenweise sei elendshalber
daher gekrochen das
heißt mit dem
was die krankheit noch
genehmigt hätte
arm vor bein & bein vor arm, usf. die
haut vorm gesicht sei
schuppig helldunkellila gestemmt
habe er sich
wundgeschlängelt, usw.

verstümmelte prosa, portrait 3

geküsst habe er sie
mit zunge im hals & hals
über schwanz in den schritt & zur
brust sei der kopf überhaupt
der leib gezwungen er habe
bedrängt sich gefühlt
vom drang vom epos des
dranges, so sagte der
schutzmann der später das
sexprotokoll vom epos
des dranges, usf.

verstümmelte prosa, portrait 4

& dann sei der wagen sei
wahnsinnsgeschleudert & habe
die luft & das feuer ein
stich nichts sei
mehr geblieben als
splitter & schuttstück verblutet
sei er am boden gedärm &
verkohlt nicht schmackhaft sei
er wie halt innereien so
aussehn geröstet kein
bild das man gern, usw.

sprichwörter, redeweisen

vom mais
feld der alte mähdrescher
unterm schuppen wie schuppen
von den augen
fällt das abgesprengte gras
unterm regen sich regen
bringt segen / bleibt
knochentiefer das dächtnis stecken
im gesumpf im gerumpf nur
welche farbe hatte
das messer wirklich
der wind der mittag was
nicht zu halten
= fallen, jetzt fällen & fallen
dem winter jetzt
die äugelein zu, mais-
mächtiger herbst

totentanz 1

wer *den Wellengang der Welt*
in seinem Schiffchen Einsamkeit
auf sich nimmt / das bündel

wer die magnolie wer den baum
in blüte ganz-
jährig in kindheitsblüte & wer

das sich wund
öffnende lachen, lautloslachen & das aug-
heitere BLÜHEN auf sich nimmt. Dem wird

bald
um den abschied (= ankunftsschnitt) 1 winter
tischwärts bereitgelegt, beidhändig frei-

händig & die fragen
die FURCHT schneid
enden sätze: *Wer sitzt da? Da sitzt*

doch jemand am Tisch! Wer ist
das? Alles 1 immernichts & kein trost-
gefährte des weges

der

totentanz 2

& könnte – so sub
versiv – am grab & könnte
den himmel
gebetserschleichen &

staunen ob der erde, die
fällt & könnte
den sarg-
trägern einen obulus
(bloße manufakturen
selbst das ende) & könnte
hand-
anlegen wie du & los-
lassen hinab, hinab

lassen, was

war

so an den seilen

ab
zittern hinab-
zittern & immer

am konjunktiv entlang

totentanz 3

& wieder das mittel-
meer wie aus dem mittelmaß
sandunter
& k:ein handelsplatz es sei denn
aus netzgehorsam
1 fischkadaver 1 leichenfang, plötzlich

an den leuchtturmankern
1 rest
gehabe, wie fern-
gesteuert tanzt
1 lichtbruch / greift

mit seinem schlepptau auf-
gerissene augen

totentanz 4

es ist
als wartete ich &
das warten ist eine unruh &
die unruh 1 warten
auf das wort
1 nirgendwo

es ist
als wartete ich &
das warten ist 1 nirgendwo &
1 nirgendwo ist das wort
& unruh nur
1 nimmermehr

es ist
als wartete ich &
das warten ist 1 nimmermehr &
1 nimmermehr ist nirgendwo
kein wort
das

totentanz 5

auf meinem balkon
steht ein olivenbaum
er könnte griechisch sein

in meiner küche
steht eine tasse
sie könnte verwaisen

auf meinem schreibtisch
liegt ein blatt papier
es könnte beschrieben w:erden

totentanz 6

bis ich dereinst nicht mehr
reise & der zug weiter
& weiter die zeit
schneidet &
aus dem vergangenen
stürzt die blinden passagiere
(gleich mehrere
auf meinem fahrschein)
zeitheutgestern / damals-
künftig, jetzt
was nützen die gerüste
wem nützt
der totentanz?

ich er-

denke mir deinen mund

y:our smiling eyes

sagst du unsere monde
im gefalteten laken
sind unsere augenkinder

mundneugierig

Für K.

provisorien

die blattschüttere mandarinenstaude
auf der terrasse / das ungelesene feuilleton
der FAZ /der beipackzettel
auf dem beistelltisch / das heft
der block der stick
: notizenwürfel & wort-

geschwader / splitterlaute

lied haft

& öffnet sich der tag
wie die nacht sich öffnet &
öffnet sich die nacht
wie der tag sich öffnet

& wiederholen sich die tage
wie die nächte sich wiederholen &

bleibt was b:leibt, nicht

& ist 1 sprachlos geworfen
wie ein anker
auf zeit, hier

& öffnet sich das meer
wie das land sich öffnet &
öffnet sich das land
wie das meer sich öffnet

& wiederholen sich die meere
wie die länder sich wiederholen &

bleibt was b:leibt, nicht

& ist 1 sprachlos gelichtet
wie ein anker
auf zeit, dort?

& wiederholen sich die wörter
wie die sätze sich wiederholen &

verschließt sich das wort, w:ortlos

münchennovember, allüber

aufs land

geworfen
die ersten schneeversuche. Nun doch

aufschatten die leergeblätterten bäume &

aufragen der himmelnorden herz- und seelengletscher. Dieser

zinksarg
bodenfremde drückt, sprachvereist

ins land

usw.

& habe den weihnachtstraum in einem schuh-
karton verstaut & habe
einen schuhlöffel auf den esstisch
drapiert & messer & gabel & schere & licht & habe
sofort nach einbruch des jahres die sohlen
geflickt für zunge & mund & schnüre
ich nun
schuhbändelpaarig kalender
auf rücken & herz
1 kommen 1 gehen & endlich
das wort undsoweiter
im gedicht unter schuhen
1 januar-
himmel & erstes kondenswasserweiß es
atmet das aug
es richtet sich auf es
öffnet das ohr seine lider, usw.

weihnachtsw:orte

Höckerstorch & *Lungenfisch*, 2
wörter, die ich lernte & all-
moos / almosen
gebet, die
letzten reste kindsschutz
engel; zur not
gesellten sich die toten & vermehrt
die herbergslosigkeit
das lied, das nicht mehr

: zu ende

so kriecht der *Katzenwelsch*

nachweih nacht

wäre noch 1 engel auf zu
stellen, gipsgegossen / eine form-
vollendete verletzung, seelenbröckel
im dunkleren verlies der hütte
& stellten sich kainsbilder ein [KAINSMAL
BILDER] wie entflohene &
allenthalben plätzchenduft ma
kronenzier / *es war einmal* & *ist* die bleibe 1 ER
innerungsarom, florentinerhart & lametta sei
das ENGELSHAAR 1 fluchtverstreiftes silber
& auf engelshänden
fortgetragen & an-
gekommen / zuvor das fensteroffene & habe
hinterlassen die gaben aus unschuldsschuld
wie ehedem auch heuer auf die stirn gezeichnet
die KINDSKINDSAUGEN groß ver
packt, nahezu 1 glücks-
verschweben der weihnachtsflügel / bauchflügge in stimmen
die längst holz- und strohbrüchig, also
eine art verlorenheit 1 schnee-
verwehtes der figuren & gest:alten, großmütterl
ich [welch silbenschnitt *großmütterlich*]
»will die krippe
ein einzig mal noch« &
faltet her 1 abgesungen liederfroh / dies LOCKEN-
GEBET / dies
so brennend LÄCHELN 1 nahvergessen, plötzlich
einem vertränen gleich, einer
haltlosigkeit im kreise der vorväterweisen & erzeugerlücken
als stünden die vorangegangenen patenschaft 1 mit-
kandelaber schimmerhelle & nach-
schöpfend 1 *Gegrüßet*
seist du & steht
vereinsamt 1 marienschirm & aufge
rufen im kniefall der hirten die schafe un-
bekümmert, ganz ochs- und eselstarr
: auf getrocknetem moos
abweidend die enflammte trauer, also
eine art gem:einsamkeit
1 vaterunsersolo

Seelenlichtbrücken

von fried & machern sei die rede
& vom erhoffen

gem:einsame w:orte
erzählen

1 stetes entnarben, seelen-
lichtstrahlen

die wegzehr heißt durst
1 lebensmotiv

& wirwund die unruh, das sehnen
wie brücken

aus nicht-wort & wort die bedeutung
verleibend

& immer & anders die gründe
nachschöpfend

: 1 Ich & 1 Du & flusswärts
das auge

nicht einfach nur summe aus 1 + 1
der wege & ziele

im hören & sagen das mundohr
ist haltung

den todesgrimassen die maske zu nehmen
erfühlend

die weite der nähe ins ferne erspuren
& horchend

die stille berühren wie erdhorizonte
das kopfherz vernehmend

: es braucht immer 2, die ufer zu reichen
eins & einander

im zuspruch der schritte den zweiklang
enträtselnd

den mut, das vertrauen, die ufer
als hände

von ort & von ort als atem-
gefährten

aus wider & ständen entworfen
die bereitschaft

das Ich zu benennen & fremd-
wieder du

zu sagen & gehen & w:erden
& 1 zu sein

spätnotat, am schieren end

wenn nicht wir – leider
1 gruß der bleibt vorbei
kein *madam sir* & 1 glossar
aus spam-geschichten. Du
wie gehts ? Gut
wir sind der zeit 1 upgrade
wir sind das löschmanöver
aller unbenutzten. SELBST

»zu erstellen, zu verhindern«

vom klang der leere

im ungelesenen buch
seien die seiten gefallene würfel
& aufzulesen wären
die augen
zahl um sieg
die scheinbare zeit
: entwürfe, irgendwann
zerfleddert
& obdachlos der stein
der nicht geworfen
streut geschichte

wie viel treiben ist in t:reiben?
wie viel zeit in zeit?
wie viel wort
das hält?

wandlungen, unpoetisch

1 gedicht über pizza-
brot & mit den augen die tatorte
der hefearchitektur nachzeichnet das lid
& in die irre stöbert 1 *schlag*
er, beispielsweise
: die unterhaltsame abwesenheit
der fühle (1 gedankenstrudel)
: sich
im schlaf einbalsamierend & überholend usw. manche,
die sprechen vom traumverließ &
manche gibt's die den herbst lieb
en (abstürzende silbenjäger sind's) & wer
sollte ein gedicht noch
wörterkosten; überhaupt das lektüremanöver
(buchstabenillusionen wie
1 sommerbitter 1 luftballonwettflügel) ist 1 pyrrhussieg
der imaginierten schmetterlingsnähe & immerverlust
& nicht nachzustauben sind die vorschnellen tage es sei
denn es wäre 1 fingergespräch
mit mir
: ja
ich traf
unverhofft mich & mit dir & ungeklärt all
die *un* (im plural *uns*) un
bedacht unbehaust unverleibt, usw. & wie
könnte es weitergeschrieben sein? Du, ich spreche mit Dir
todesmakelloser einsilber; Du
im grabverschrifteten der handzeichen &
unversöhnlich, kein w:ort
außer
lebenslinien

notat an einem tristen tag

grisura sagt Aníbal. Der regen
der gegen die fenster

nicht mehr *stürzt* &
von der altbotschaft des regens ab

getrommelt feine rinnsalzeichen
& magie des fließens. Es gibt

kein fensterplural am boden
die scherben die schergen

lauthalsschädel lehnen
hinaus hinaus das wort & fort

die w:orte / privatisiert
sag graureich, sag *grisura*

15. November 2016
Ilse Aichinger in memoriam

die New York Times lesend

manchmal schlafen wir dieser tage um die wette
die New York Times & ich – allein schon der vergleich ist vermessen
wären wir nicht beide eingeholt von den verzichtbaren wörtern
Hi, how are you? How are you doing today, Sir? Ja, gut, ich
schiebe mir gleich einen toast, vielleicht auch zwei
unters kopfkissen & stelle mir vor wie ich die beiden gesichter
ausschneide
die im augenblick so tun als feilschten sie um den weltfrieden dabei
sind die lächelkalorien längst schon aufgebraucht
alles andere setzt fett an heute nacht träumte ich von einem titel-
fresser, ein buchstabenmonster, das
überschriften vertilgt wie McBurger in sich hineinstopfend
die toten

wo durch die sol
daten?

wo mit den sol
daten?

wo her die sol
daten?

wes

halb den sol
daten?

wer über setzt mir mein ge
dicht?

die nacht kür
zen den tag zen
triert / er der
nach dem licht giert
nach dem nach
tlicht das
b:leibe
den tag X der
nicht

(& *breche ab*)

& error

404 – Object not found. Link
zu streit-
kultur
auratisch & us-
freundlich

sinniert mein *er*
satz über die *er*

findung der löschtaste

DIARIUM, Notate
in den großen, sich drehenden Spiegel schauend

Für Rebecca Horn

I

Per me si va ne la città dolente,
per me si va ne l'etterno dolore,
per me si va tra la perduta gente.

Dante Alighieri, *Inferno,* Dritter Gesang, Vers 1–3

oder **: Wo liegt die Stadt der Trauer, die unbegehbar?**

erstes feuer ge DICH t, irrlicht & kaktus

am w:ort gefallen
nicht auferstanden von den toten

1 triebirrwisch kippt druckerschwärze
in jeder zeitung überbleibsel

ins wort gefallenes des w:ortes
am wort gefallen sind die wörter

wann beginnt der augenblick
der m:acht?

Buddha hängt am kreuz
der Prophet wird von einem wald erschlagen

die erde spuckt die welt
aus dem gedächtnis. Wenn es so wäre

was b:liebe?

sprachlosigkeit (1 plural) brüllte sich taub vor hitze
am anfang sei das wort gewesen / goldene antennen zeichen

II

Noi eravam lunghesso mare ancora,
come gente che pensa a suo cammino,
che va col cuore e col corpo dimora.

Dante Alighieri, *Purgatorio*, Zweiter Gesang, Vers 10–12

oder **: Wohin, wohin? Wenn Atemzüge b:leiben?**

zweites feuerge DICH t, schädelwärts
(in 9 fallenden strophen)

sich verzüngeln 1 flammenlid-entzücken

im feuerlaib 2 frösche, sprich (luftskulptur der hitze)
die liebverbissenheit & KÖRPERSCHMELZE zweier

die glutgewähr der königinnen / deren trauer
verbrennt / erglüht
den kurzen hals der liebe. Kein fußbreit mehr

zu retten was dereinst, dereinst so roch nach sieg
1 HAUTGEZÜNDEL / die wünschelrute zärtlichkeit
& raumdanach RUINENASCHE / die aberwärtsspur – die uhr?
verreimt

das fahle aufbegehren (1 prädikat)
der mondgeschlechter, die sich verfehlten. Sprüht
einsam jetzt das diesseitswissen DEMUTSLEICHTE
die funkenhand aus last & m:undverlangen. 1 rostblatt
wiegt die w:orte &

aus dem EHEMALS der jedermänner / jederfrauen ist 1 bleistiftfrost
geronnen / rinnt sprachgeschultert 1 KREUZ kalvariengedächtnis
& trockenmoos der finger / 1 schmerzweb der vergänglichkeiten (hier
sind die toten lebensfarn & springen auf
ganz plötzlich). Sag, feuerauge, sage mir
wie lautet lurchfrosch auf latein oder arabisch?

wie fremde wiegenlieder klingen die unbekannten
zeitabhalden der geschichte. 1 FROSCHW:ORT, unkenspäter
ist alles STEIN. Es wäre auch 1 ziel / 1 wanderdomizil & doch
: wie schreiben mit der himmelstinte der verluste?
: wer winkt von wo?
                    wem zu? wohin? weshalb?
bin's ich

& schottertaubenmüde? & mutation der möwen?
im angesicht der kriegerheere? ameisenalt & schwarzer pfad?
1 dunkel lenkt & sanft erwächst
das wundgestillte 1 narbenhain, der
blütenfein & widerkeimt &
aus den illusionen
ist längst das bild verbrannt in diesen zeilen. Hier –
da jeder atemzug 1 wundpoem uns menschendeutet & starr

die feuerskizzenbleiche
unter dem schutz der bloßen flammenlider gleißt
1 flimmerwurf der zungenfarben   : das ungesagte, das
verwachsene gehölz (notheimisch wärme) erde &
fragen fallen ab wie schuppen-
schilder dem unbekannten zu /   uns eins
sind feuer
GLUTKERN
aschenbauch

III

Sùbito sì com' io di lor m'accorsi,
quelle stimando specchiati sembianti,
per veder di cui fosser, li occhi torsi;

Dante Alighieri, *Paradiso*, Dritter Gesang, Vers 19–21

oder **: im Urbild innehalten und Pilger sein.**

drittes feuerge DICH t, das schwarz verlassend

feuerbilder in den augen wie stalagmiten. Vom holz
die pose längst verkohlter embryonen köpfe / starre einer
taschenmaus
(*pocket mouse*) oder genick- und nackenkomposition
LAMMKÖPFIG / kurz vor dem palmsonntag 1 funkenzungenzischen.
Kein tier
mehr zu erkennen außer einer filigranen flammenbrise 1 BLAU
(fingerkuppenflammen, sanft)
im schwärzeren SCHWARZ. Die trauer
sucht heuer die stille auf (WANDERSTILLE) &
den glutgrund der gerüche. Du sagst
es sei dann leichtigkeit im klangvermächtnis tod
alivio übersetze ich ins spanische
alivio wie in wissenszahmer tod wie in erleichterung & ab
raum plötzlich / raumvertikaler horizont wie in mühen die
zerbrechen
1 ZUSAMMEN STURZ der last die namen trägt
& namenlosigkeit der namen

Epilog

Im Glutgrund die Antwort. Lichten & Vergleiten.

INHALT

Dichtung bei Matthes & Seitz Berlin

Erste Auflage Berlin 2018

Göhrener Str. 7 | 10437 Berlin
info@matthes-seitz-berlin.de

Satz: Michael Rosenlehner, Berlin
Druck und Bindung: Friedrich Pustet, Regensburg
Umschlaggestaltung unter Verwendung einer Collage des Autors
ISBN 978-3-95757-565-4

www.matthes-seitz-berlin.de

José F. A. Oliver

21 Gedichte aus Istanbul 4 Briefe & 10 Fotow:orte

94 Seiten, Abbildungen, gebunden mit Schutzumschlag

Istanbul: Arbeitslosigkeit, schleichende Islamisierung, Probleme mit den Minderheiten, die syrischen Flüchtlinge, das Spannungsverhältnis zu Avrupa, der nicht so ferne Krieg in Afghanistan, die Unterdrückung in Ägypten oder, ganz nah, die Niederschlagung der Aufstände rund um den Gezi-Park. Oliver wurde Zeuge dieser »hoffnungswut«. Dieses kaleidoskopische Buch ist eine sinnliche Reise in die unfassbare Stadt am Bosporus – »menschenatlas voller wirklichkeiten« –, die Oliver in den Worten verdichtet: »im einsamkeitstaumel ein plural der dinge«.

Tim Trzaskalik
Versurren
164 Seiten, gebunden mit Schutzumschlag

Tim Trzaskaliks *Versurren* ist ein poetisches Tagebuch, die Zwietracht einer Beziehung. Jemand, der Verse baut und die Poesie in Szene setzt. Zu einem Getrennt Zusammensein. Gelingen und Scheitern gemeinsamen Tuns. Der Vers als Utopie einer angemessenen Spannung zwischen Laut und Bedeutung. Die Unzulänglichkeiten der Sprachen werden auf dem Papier in einer Vision vergütet, bei der er sein Gesagt-Getan in Stellung bringt, solange das Tun in seinem Sagen besteht. Der Dichtende kann sich dabei alles bisher in der Geschichte der Poesie Gesagte anverwandeln, Worte anderer zu eigen machen und gänzlich Disparates in versierter Anschauung zusammenklingen lassen, sei es in der Bibliothek, sei es draußen, sei es im intimen Zwiegespräch mit der Abstraktion Poesie als Summe ihrer Taten.